Sommer & Winter auf Tour

Birgit Hufnagl

Sommer & Winter auf Tour

Birgit Hufnagl

Reime

www.net-verlag.de
Erste Auflage 2021

Covergestaltung, Layout & Lektorat: net-Verlag

printed in the EU
ISBN 978-3-95720- 310-6

Vorwort

Beim Sporteln im Freien,
vor langer Zeit und albern gestimmt,
überlegte ich, wie wäre es,
wenn man einen lustigen Arzt hernimmt,
um witzige, kleine Fantasiegeschichten
über den und seine Patienten zusammenzudichten?
Dann dachte ich, was wäre, wenn der eine nette
»Kontra gebende« und schlagfertige
Haushaltshilfe hätte?
Da meine Gedanken auch gern um Worte kreisen,
picke ich einzelne raus und sende die mit auf Reisen.
So ungefähr ist »Sommer und Winter auf Tour«
entstanden.
Wo werden beide im Dschungel am Cover wohl landen?

Haushaltshilfe WINTER und Doktor SOMMER AHNEN

Haushaltshilfe WINTER und Doktor SOMMER
AHNEN,
dass WINTER im Urlaubsort jedermann in
EisenbAHNEN,
SeilbAHNEN und ZahnradbAHNEN von ihren diversen
WAHNEN
erzählt! Drei von WINTERs UrAHNEN waren
Schamanen
und begingen wegen WAHNEN Selbstmord. In
UntergrundbAHNEN
kriegt WINTER Atemnot. SOMMER muss sie
ermAHNEN,
ihr Asthmaspray auch zu benutzen.
Ein Wahn ist das Abputzen
sämtlicher Griffe mit ihren Desinfektionstüchlein.
WINTER schrieb ein eigenes Büchlein
über AHNENforschung und dem Leben
mit WAHNEN. Zig Desinfektionstüchlein kleben
in WINTERs Büchern, die ein Großverlag bewirbt!
SOMMER erbt WINTERs Urheberrecht; falls sie stirbt.

Haushaltshilfe WINTER und Doktor SOMMER als BEISPIEL

Doktor SOMMERs Haushaltshilfe WINTER sprüht
Imprägnierspray BEISPIELhaft
regelmäßig auf WINTERsachen, was die unmittelbare
Nachbarschaft
BEISPIELsweise schon als Geruchsbelästigung
empfindet. SOMMER mietet
einen BEISPIELlosen Hausmeisterservice, der zum
BEISPIEL anbietet,
vormittags und nachmittags Laubbläser einzusetzen!
Viele würden dies schon schätzen.
Als MusterBEISPIEL nennt er nasses
Laub, das ja ein krasses
Rutschrisiko darstellt. WINTER lässt sich überzeugen,
ein BEISPIELvideo von Steingärten zu beäugen.
Im HochSOMMER gäb's ein SOMMERangebot.
SOMMERs Nachbarn sehen allesamt rot!

Haushaltshilfe WINTER und Doktor SOMMER am DACH

Doktor SOMMERs Haushaltshilfe WINTER verarztet einen DACHdecker,
der beim SOMMERfest von Bauer SOMMERachs Trecker
zwischen DACHreste vom Hühnerstall, tote DACHshunde, DACHpappe
und DACHziegeln stürzte! WINTER soll die Klappe halten, »Sturz vom DACH« aufschreiben
und bei den Verletzungen übertreiben.
Der DACHdecker droht, WINTER durchs DACHfenster hinabzustoßen!
Sein VerDACHt wäre, dass WINTER auf SOMMERrosen
landen würde, von SOMMER gepflanzt.
Also schluckt WINTER und tanzt
nach der Pfeife des DACHdeckers. Unterm FlachDACH
liegen SOMMER und WINTER nach SOMMERgewittern wach.

Haushaltshilfe WINTER und Doktor SOMMER am GANG

Haushaltshilfe WINTER und Doktor SOMMER machen
GANGanalysen!
Im langsamen WatschelGANG nach
vorangeGANGenem AffenGANG begrüßen
beide Patienten bei GANGanalyse-Tagen. Im
HausGANG
vorm TreppenaufGANG und WolfGANG GANGhubers
Wohnungstür entlang
entstehen Trampelspuren. SOMMER lässt den
SeitwärtsGANG einstudieren,
und WINTER verteilt eifrig Schuheinlagen zum
Ausprobieren
an Patienten im RückwärtsGANG! WINTER probt
den PassGANG und wiehert! GANGhuber tobt.
Polizisten, die GANGhuber vorbeischauen lässt,
binden SOMMER und WINTER fest
in den GANGanalysen-Test ein. Inklusive Schuheinlagen!
Die gibt's günstiger bei den GANGanalyse-Tagen.
Beim KellerabGANG befinden sich
Orthopädieschuhmacher neben Orthopädiepraxen.
Die brauchen SOMMER und WINTER zum Wachsen.

Haushaltshilfe WINTER und Doktor SOMMER am INN

Doktor SOMMER begINNt am INN, völlig sINNfrei
über INNerliche Reinigung zu brabbeln und dabei
auf allen vieren die INNbrücke
in INNsbruck, während einer Verkehrslücke,
zu bekrabbeln. Er verschwindet durchs Gullyloch,
taucht im INNwasser zwischen INNschiffen jedoch,
INNgolddukaten schwenkend, wieder auf! Haushaltshilfe
WINTER zieht
ihn ans INNufer vorm INNtalradweg. Dies geschieht
vorm Kamerateam für eine Stadt am INN.
SOMMER, WINTER und das Kamerateam machen
GewINN
mit der etwas unsINNigen Werbung. Zum Schluss
des Werbefilms prangt SOMMERs Foto am Stadtbus!

Haushaltshilfe WINTER und Doktor SOMMER am LIMIT

Doktor SOMMER testet LIMITierte Laufschuhe beim Laufen.
Beim Schild fürs TempoLIMIT muss SOMMER durchschnaufen
und bemerkt, dass sich die LIMITierten Sohlen
beide ablösen. Haushaltshilfe WINTER muss SOMMER abholen.
WINTER setzte LIMITs beim Aktienkauf
falsch, während SOMMERs missglücktem Lauf!
»LIMITreserven und SonderLIMITs korrigieren das GesamtLIMIT«, spricht
ausgerechnet WINTER, mit LIMITrechnungen wedelnd. SOMMER sticht
der Hafer, als er WINTERs LIMITbestellungen vernimmt!
WINTER verreißt das Lenkrad. Ein Fußgänger erklimmt
ein Schild fürs TempoLIMIT, das WINTER niedermäht.
SOMMER setzt Notärzten ZeitLIMITs, aber relativ spät.

Haushaltshilfe WINTER und Doktor SOMMER am PLANET

Doktor SOMMER sitzt vorm Zeichentrickfilm »Das PLANETensterben«
im PLANETarium. »Bohrende PLANETenschädlinge«
ähneln Borkenkäfern, verderben
gemeinsam mit PLANETenfressern und
PLANETenkillern sämtliche PLANETenoberflächen
und PLANETenenergien im PLANETensystem! Diverse
PLANETenherrscher versprechen
das Blaue vom PLANETenhimmel im PLANETenjahr.
Bloß ist gar nichts davon wahr.
Im PLANETarischen Nebel geraten PLANETarische Leitplanken
und der aktuelle PLANETenlauf ins Wanken.
Retten PLANETenkinder die großartige PLANETennatur,
oder verfolgen die PLANETenherrscher stur
ihre Pläne, nämlich die UrPLANETen zu zerstören?
Gerade, als mutige PLANETenkinder auf PLANETenpfaden »Aufhören!«
rufen, klingelt SOMMERs Handy. Haushaltshilfe WINTER verlangt
sein Kommen – vermutlich ist sie tödlich erkrankt!

Haushaltshilfe WINTER und Doktor SOMMER am WEIHER

Am WEIHERfeldring, zwischen LöschWEIHERn,
WEIHERwanderwegen,
WEIHERdamm und BadeWEIHERn mit Holzstegen,
kauft Doktor SOMMERs Haushaltshilfe WINTER einen
Neubau.
LöschWEIHER, BadeWEIHER und etliche
Wasserleitungen werden genau
jetzt saniert. WEIHERpumpen stehen am WEIHERrand
vom WEIHERsee beim »WEIHERwirt mit Badestrand«.
Als das WEIHERwasser überall wieder hereinkommt,
findet WINTER in der Tiefgarage prompt
einen eigenen WEIHER, vor den sie demonstrativ
vorm Anwalt WEIHERich durchwatet! Was lief schief?
Laut Gemeinde sind Wasserleitungen und WEIHER
dicht.
WEIHERich schwärmt am WEIHERdamm von der
Aussicht.
Die Tiefgarage schimmelt in »Am WEIHERfeldring 7«.
Wär' WINTER doch in ihrem Altbau geblieben!

Haushaltshilfe WINTER und Doktor SOMMER auf LEHM

Doktor SOMMERs Haushaltshilfe WINTER besichtigt
venezianische Gassen
und stolpert über LEHMbauplatten am LEHMhaltigen,
nassen
Boden. WINTER landet im Kanal zwischen
Holzpflöcken.
Reiseleiter LEHMkuhl springt hinter
Holz-LEHM-Blöcken
hervor und zieht sie auf LEHMverschmierte
LEHMsteine
neben LEHMmauern. LEHMkuhl lässt WINTER nicht
alleine!
Vorm Minibagger mit LEHMlöffel muss die frierende,
auf LEHMerde vor LEHMstreichputzen den Verstand
verlierende
WINTER LEHMkuhls Vortrag übers
LEHMvorkommen
lauschen, und nur sehr verschwommen
erinnert sie sich später an LEHMkuhls Kaufvertrag.
LEHMsaunen, komplett aus LEHM, kaufte sie Sonntag!

Haushaltshilfe WINTER und Doktor SOMMER auf TOUR

Haushaltshilfe WINTER und Doktor SOMMER testen
TOURenlenker
an TOURenrädern für TOURenmagazine, entworfen
vom Querdenker
des TOURistikzentrums! TOURistenschiffe stehen an
der Seite
des TOURistenhotels. Der ehemalige TOURsieger ist
pleite,
dem die Schiffsreederei gehört. Der Querdenker
überbaute
sämtliche Schiffstreppen mit Auffahrrampen. Der
TOURsieger traute
seinen Augen nicht! TOURenradler mit
TOURisteneinkäufen schieben
oder sausen durch seine TOURistenschiffe und lieben
die Rampen am ungewöhnlichen Ort.
SOMMERs TOURenlenker, ohne jeglichen Komfort,
bricht vor BadeTOURisten beim Swimmingpool im
TOURistenschiff.
SOMMER landet sanft im Wasser, ein Lenkergriff
und ein TOURenkajak schaukeln daneben.
Hauptsache, SOMMER ist am Leben!

Haushaltshilfe WINTER und Doktor SOMMER BEBEN

Doktor SOMMERs dicke Barthaare BEBEN.
ErdBEBENforscher einer ErdBEBENmessstation erklären soeben,
wie ErdBEBENkatastrophen entstehen,
ErdBEBENauswirkungen, MikroBEBEN,
ErdBEBENsichere Bauweisen
und wohin man wegen ErdBEBENgefahr keinesfalls hinreisen
sollte, in mehreren fesselnden Radiodiskussionen!
Patient BEBENsee hört noch »ErdBEBENzonen«,
dann befällt ihn eine bleierne Müdigkeit.
Er ist spontan zu SOMMER hereingeschneit,
wegen Impfauffrischungen. Er will in ein ErdBEBENgebiet
reisen, ironischerweise. Als Haushaltshilfe WINTER kurz hereinsieht,
studiert SOMMER ErdBEBENkarten. BEBENsee liegt da, leichenblass.
SOMMER verwechselte Impfstoffe. Die Auswirkungen sind krass.

Haushaltshilfe WINTER und Doktor SOMMER beim EISLAUF

Haushaltshilfe WINTER und Doktor SOMMER krallen
sich beim EISLAUF an EISLAUFlernhilfen und fallen
im EISLAUFring nicht nur EISLAUFmüttern und
EISLAUFpaaren
unangenehm auf. Eine EISLAUFkönigin und
EISLAUFlehrer umfahren
beide, als der EISLAUFkönigin der KrEISLAUF versagt!
Mitsamt WINTER und EISLAUFlernhilfe im
Schlepptau jagt
SOMMER ohne EISLAUFschuhe zur EISLAUFkönigin!
Beide beginnen
Rettungsmaßnahmen, womit sie die Herzen aller
gewinnen.
Tage später zeigt ein EISLAUFlehrer beiden
EISLAUFtanz.
Auf EISLAUFfiguren und EISLAUFsprünge wird
SOMMER ganz
versessen! Er überlegt, die Praxis zu verkaufen.
Auf der Eingangstür steht: »Sind beim EISLAUFen!«

Haushaltshilfe WINTER und Doktor SOMMER BOLZEN

Doktor SOMMER und Haushaltshilfe WINTER
BOLZEN Bälle
ins Aus. Bauer SOMMERach übt im Gefälle
nebenan zwischen BOLZENdübeln das
BOLZENschweißen, bedient BOLZENschneider
und hantiert mit BOLZENschussbetäubungsgeräten,
wobei er leider
Erntehelfer BOLZENdahl verletzt. SOMMER hört
SOMMERachs Hilferufe,
aber genau als BOLZENdahl zusätzlich unter Rinderhufe
gelangt, stürzt WINTER beim Filmen vom
BOLZENflug
der Schwalben und schlitzt sich am Pflug
von SOMMERach tief die Wange
auf! SOMMER überlegt nicht lange,
hilft WINTER und ruft Notärzte und Polizei!
SOMMERach türmt mitsamt BOLZENdübeln
nachmittags gegen drei.

Haushaltshilfe WINTER und Doktor SOMMER FASSEN

Haushaltshilfe WINTER und Doktor SOMMER
verFASSEN umFASSENde
Arztberichte. AnFASSEN dürfen diese Patienten, die
passende
Einmalhandschuhe tragen und sich mit Handdesinfektion
beFASSEN,
wie SOMMER und WINTER! Beim AbFASSEN
unterlassen
beide das AnFASSEN von Alltagsgegenständen
und das Schütteln von Händen,
auch wenn Patienten versehentlich zuFASSEN.
Eltern müssen auf Kinder aufpassen!
Dies lässt SOMMER auf Schildern
zusammenFASSEN, und WINTER lässt's bebildern.
SOMMER, das alles erFASSENde Arztgenie,
leidet neuerdings an einer Hautallergie.

Haushaltshilfe WINTER und Doktor SOMMER im ALTER

Haushaltshilfe WINTER und Doktor SOMMER
besichtigen ALTERsheime.
Ein urALTER SchauwerbegestALTER sortiert
ausrangierte LichtschALTER, Kinderreime
vor sich hinplappernd, im ALTERsruhesitz. Mit
kALTER
Milch übergießt der ALTERsschwache
SchauwerbegestALTER zwei LichtschALTER,
und, während er von ALTERsruhestand und
ALTERsrente
wirr brabbelt, klärt er SOMMER über getrennte
Stromkreise auf. Seine mit ALTERswarzen und
ALTERsflecken
übersäten Hände scheinen selbständig irgendwelche
Stromdrähte zusammenzustecken,
während sich HeimverwALTER neben WINTER heftig
zanken.
Gerade, als SOMMER und WINTER sich bedanken
für die Führung im ALTERsruhesitz,
schlägt draußen ein »kALTER Blitz«
in ein Hausdach, und zeitgleich
stopft der SchauwerbegestALTER im Wohnbereich
Drähte in eine Steckdose. Es ist Vormittag.
Ein HeimverwALTER kreischt. Kommt's zum tödlichen
Stromschlag?

Haushaltshilfe WINTER und Doktor SOMMER im BIWAK

Haushaltshilfe WINTER und Doktor SOMMER sollen Testberichte
übers BIWAKieren im BIWAKzelt zusammenschustern!
Die Fertiggerichte
erhalten von SOMMER, auf der BIWAKdecke kauernd,
schlechte Noten, wobei WINTER im BIWAKsack bedauernd
erklärt, dass die nicht zur BIWAKausrüstung gehören.
WINTER hat SOMMERgemüse zerkocht. Irgendwas mit Möhren.
Vor der BIWAKhöhle beim BIWAKbau
befördert SOMMER BIWAKdächer ziemlich unschlau
über Felskanten in eine Schlucht,
bevor er mit voller Wucht
hinterherfällt, weil ihm einer beim BIWAKflug zuwinkt!
WINTER bemerkt, dass das SOMMERgemüse tatsächlich stinkt.

Haushaltshilfe WINTER und Doktor SOMMER im BRUNNEN

Doktor SOMMERs Haushaltshilfe WINTER sammelt
vorm BRUNNENschacht
vor der BRUNNENalm BRUNNENkresse. Als die
Bergwacht
in etlichen breiten Einsatzwagen vorbeibrettert
und SOMMER hinter BRUNNENabdeckungen
herumklettert,
stolpert WINTER am oberen BRUNNENrand
und krallt sich an BRUNNENwand
und hervorstehende BRUNNENsteine, innen im
BRUNNEN verborgen!
SOMMER alarmiert Bergwachtleute, weil er sich Sorgen
um WINTER macht; die kommen allerdings später,
weil sie im BRUNNENhaus irgendeinen diebischen
Übeltäter
suchen. Als SOMMER WINTER die Hände reicht,
hört er Schritte und wird selbst leicht
vom gesuchten Übeltäter in den BRUNNEN gedrückt,
der mitsamt BRUNNENdeckel hinterherklettert!
Irgendwie ist's verrückt.

Haushaltshilfe WINTER und Doktor SOMMER im DUELL

Doktor SOMMER ist beim KochDUELL!
DUELLantinnen zerhacken
Zwiebeln, während zwei moppelige DUELLanten mit Stiernacken
im Fernsehstudio nebenan beim politischen RedeDUELL
zu einem graDUELLen Tatbestand ziemlich schnell
den Faden verlieren und über FußballDUELLe weitersprechen.
Wegen unerlaubter DUELLpistolen, SäbelDUELLen
und TrinkDUELLen unterbrechen
die vom KochDUELL mal kurz,
als beim RedeDUELL beim Umsturz
vom DUELLbaum mit DUELLscheiben und 6 Zielen –
einer Dekoration fürs DUELLschießen, mehr zum Spielen –
beide DUELLanten unter den dicken Stamm geraten!
Beim KochDUELL kostet SOMMERs Haushaltshilfe WINTER Schweinebraten.
Das DUELL der Magier findet außerdem statt.
Ob ein DUELLant etwas indiviDUELL arrangiert hat?

Haushaltshilfe WINTER und Doktor SOMMER im DUFT

Doktor SOMMERs neuer Nachbar versprüht ständig RaumDUFT
und benutzt WäscheDUFT und DUFTvernebler. Die Umgebungsluft,
bemerkt nicht nur SOMMER, ist ständig DUFTgeschwängert!
SOMMERs von DUFTstoffen geplagte Haushaltshilfe WINTER verlängert
die Krankschreibung des DUFTen Typen wegen Migräneanfällen.
SOMMER, im ParfümDUFT sitzend, hilft beim Ausstellen
eines Kurantrags in einem Luftkurort
und empfiehlt auch, etwas Ausdauersport
trotz hochSOMMERlicher Temperaturen an
SOMMERnachmittagen zu wagen.
Als WINTERs DUFTende SOMMERrosen erste Knospen tragen,
ereilt den DUFTträger ein Herzinfarkt beim Laufen.
Wonach SOMMER und WINTER unwillkürlich richtig durchschnaufen!

Haushaltshilfe WINTER und Doktor SOMMER im FRACK

FRACKingspezialist FRACKenpohl lud SOMMER mal zum Sektempfang
in seine FRACKingfirma ein. Es bestand FRACKzwang,
und Haushaltshilfe WINTER war im DamenFRACK dabei.
Sie erhielten zuvor sogar FRACKuhren im FRACKverleih
FRACKmann! Nach enorm viel WINTERbier
und SOMMERwein, morgens um vier,
duellierten sich FRACKenpohl und SOMMER scherzhaft
mit FRACKstöcken. SOMMER, außer Kraft
gesetzt, kaufte von FRACKenpohl ein riesiges Aktienpaket.
Über Hinterlassenschaften der FRACKer in FRACKingzonen steht
neuerdings viel in der Zeitung. FRACKenpohl besitzt
FRACKingfirmen weltweit. Am Zeitungsfoto grinst SOMMER verschmitzt.
Journalisten malten SOMMERs Aktienpaket daneben.
Er will's FRACKenpohl umgehend zurückgeben!

Haushaltshilfe WINTER und Doktor SOMMER im GLEICHGEWICHT

Doktor SOMMERs und Haushaltshilfe WINTERs
Nachbar spricht
von der
GLEICHGEWICHTsdichtegradientenzentrifugation
und vom ökologischen GLEICHGEWICHT,
während er GLEICHGEWICHTsübungen mit
GLEICHGEWICHTskissen,
GLEICHGEWICHTsmatten, GLEICHGEWICHTsball,
GLEICHGEWICHTsdiagrammen und
GLEICHGEWICHTsbrett macht. Auf jeden Fall
bleibt er dazu im Treppenhaus!
Niemand geht gerade gern hinaus,
weil nachts Hubschrauber Insektizide überm Stadtpark
verteilten,
da irgendwelche Schädlinge in den Bäumen verweilten!
Der Nachbar mit seinen GLEICHGEWICHTsstörungen
und GLEICHGEWICHTsgeräten vermutet politische
Verschwörungen
gegens Volk, durch gezielte Luftmanöver!
»Wir werden alle immer döfer!«,
ruft er. WINTER und SOMMER werden angesteckt.
GLEICHGEWICHTserkrankungen, ökologisches
UnGLEICHGEWICHT   haben's mächtige Politiker
ausgeheckt?

Haushaltshilfe WINTER und Doktor SOMMER im HAUS

Doktor SOMMERs HAUSmeisterin putzt in
ScHAUSpielhäusern, HAUShaltswarengeschäften
und HAUShaltswarenabteilungen. Sie muss mit allen
Kräften
HAUShaltsgeld verdienen! Die aufgeweckten
HAUSmeisterkinder machen HAUSaufgaben
neben HAUShaltshilfe WINTER.
HAUSaufgabenbetreuer sollen gekündigt haben!
SOMMER, der die HAUSmeisterkinder lobt,
sieht einen HAUSmeistersohn, der herumtobt,
den HAUSgang stürmt und sämtliche HAUStürklingeln
demontiert.
Der HAUSbesitzer und anwesende HAUSbewohner sind
irritiert.
HAUSmeistertöchter zerlegen fachmännisch HAUSrat,
weil's um HAUSratssummen
bei HAUSaufgaben geht. Der HAUSbesitzer liest
dummen
HAUSmeistersöhnen die Leviten, während
HAUSmeistertöchter HAUSrat verbrennen,
Policen der HAUSratversicherung zerreißen und dann
davonrennen!

Haushaltshilfe WINTER und Doktor SOMMER im HORT

SOMMERshausens HORTküche und HORTtoiletten
werden zum DreHORT
eines Krimis! Als HORTpersonal im großen
KinderHORT
suchen sie Komparsen. Doktor SOMMER rührt
sich beim HORTleiter, was dazu führt,
dass er in BoxersHORTs als Sektenjünger
zwischen HORTkindern im HORTgebäude, mit
HORTensiendünger
wedelnd, herumläuft und HORTangestellte HORTkinder
zu schützen
versuchen! Aus HORTräumen und HORTtoiletten
sickern Blutpfützen.
Wo wurde HORTleitung HORTmann wegen fehlenden
HORTangeboten
ermordet? SOMMER trabt in BoxersHORTs mit
blutroten
HORTensien und HORTverträgen so oft durchs Bild,
wobei er HORTkinder anrempelt und dermaßen
fuchsteufelswild
blickt, dass ihn im Krimi jeder erkennt
und Haushaltshilfe WINTER ihn liebevoll »Superstar«
nennt!

Haushaltshilfe WINTER und Doktor SOMMER im HOTEL

Doktor SOMMERs Haushaltshilfe WINTER bucht eine billige
HOTELübernachtung im HOTELfoyer. Die
HOTELrezeption sendet unwillige
HOTELpagen hinaus zum Koffer tragen,
die vorab nach Trinkgeld fragen.
SOMMER folgt zur HOTELgarage neben Unkraut,
wo ein HOTELangestellter einen HOTELgast beklaut
und HOTELmanager gerade einen unbequemen
HOTELdetektiv in die Zange nehmen.
Nachts glaubt WINTER, dass sie Kettensägegeräusche hört
im HOTELzimmer nebenan. Zwei HOTELfachfrauen werfen verstört
alle HOTELgäste aus den HOTELbetten um Mitternacht!
Ein HOTELgast wurde mit der Kettensäge umgebracht
und auf HOTELhandtüchern in Fleischstücke zerlegt,
fachgerecht.
Wird SOMMER und WINTER vorm HOTELfrühstück schlecht?

Haushaltshilfe WINTER und Doktor SOMMER im KLEE

Doktor SOMMERs Haushaltshilfe WINTER sucht
vierblättrige KLEEblätter
in Bauer SOMMERachs Alpen-WiesenKLEE. Mehrere
Großstädter
entsorgen KLEEvernichter, BitterKLEEsalz,
KLEEdünger und KLEEsamen
vom KLEEgras aus Tüten ohne Namen
mit chinesischen Schriftzeichen in Bauer SOMMERachs
Maismonokulturen
auf der KLEEuntersaat, wobei sie tiefe Fußspuren
hinterlassen! SOMMERach jagt wutentbrannt über
seinen KLEErasen,
wo unter KLEEulmen friedlich winzige Shetlandponys
grasen,
in seinen Mais. Während zwei Großstädter abhauen,
können andere KLEEhonig aus SOMMERachs
Selbstbedienungshütte klauen.
Im Nachhinein – SOMMERach hat's ja geahnt –
war dies von langer Hand geplant!

Haushaltshilfe WINTER und Doktor SOMMER im KONGO

Und Haushaltshilfe WINTER und Doktor SOMMER reisen,
laut dem KONGOlesischen KONGO-Experten zu Schnäppchenpreisen,
in den KONGO! Als beide vorm KONGObecken
im KONGOfarn mehrere von KONGOs Superreichen entdecken,
unglücklich in einem Autowrack eingeklemmt,
ist's SOMMER, der Türen aufstemmt
und auch KONGOlesische Fußballspieler rettet. Neben KONGOpfauen
dürfen WINTER und SOMMER den KONGO anschauen,
angeführt von KONGOs dankbaren Superreichen. Ein KONGOpapagei,
KONGOwelse und Blaue KONGOsalmler begeistern die zwei!
Nach der Heimreise vom KONGO stehen KONGOpapageien
in Frachtcontainern vor SOMMERs Haus, die schreien
und mit ausgestopften KONGOpfauen, KONGOpapier und KONGOperlen
reisten. Mit Grüßen von echten KONGOlesischen Fußballkerlen!

Haushaltshilfe WINTER und Doktor SOMMER im LEBEN

Und Haushaltshilfe WINTER und Doktor SOMMER
erLEBEN
im ÜberLEBENscamp eines LEBENsfrohen
ÜberLEBENStrainers ein Erdbeben
unter LEBENdigen Tieren ohne LEBENsmittel, knapp
überLEBENd,
im Wald! Mücken, in ihrem LEBENsraum schwebend,
piesacken SOMMER bei LEBENdigem Leibe,
der daraufhin in eine Bleibe
am Waldrand umsiedelt, noch quickLEBENdig.
Ein Mückenstich vergrößert sich ständig,
trotz der LEBENselixiere des ÜberLEBENStrainers.
Rote Ringe
umkringeln den Stich. WINTER ist guter Dinge.
Der LEBENskünstler bringt SOMMER jedoch
ins Klinikum. Die rätseln noch
Tage dort; was SOMMERs Mücke wohl übertrug?
SOMMER und WINTER finden SOMMERs
Antiobiotikahämmer klug!

Haushaltshilfe WINTER und Doktor SOMMER im INSTITUT

Doktor SOMMERs Haushaltshilfe WINTER besichtigt frohen Mutes
KreditINSTITUTe, HeiratsINSTITUTe,
TropenINSTITUTe und INSTITUTsambulanzen. Ein gutes,
angeblich unabhängiges ForschungsINSTITUT lässt
WINTER Testberichte verfassen!
INSTITUTsdirektoren und INSTITUTsräte einer
psychiatrischen INSTITUTsambulanz lassen
WINTER im riesigen INSTITUTsgebäude bei der INSTITUTsolympiade
mitmachen. WINTER gewinnt etwas chemisch
schmeckende Schokolade.
Mitten im Gedanken ans INSTITUT für Zivilverfahrensrecht
in der INSTITUTseigenen INSTITUTskirche wird
WINTER schlecht.
INSTITUTsräte geben WINTER Fotos von überfüllten Bettensälen
in der INSTITUTsambulanz im INSTITUTszentrum und erzählen,
dass da vor Jahren Krankenhauskeime
wüteten. Bevor WINTER INSTITUTsspezifische, geheime
Szenarien sieht, erhält sie Bestechungsgeld vom
INSTITUTsleiter.
Sie gibt von ihm gefälschte Statistiken weiter!

Haushaltshilfe WINTER und Doktor SOMMER im MAI

Doktor SOMMER und Haushaltshilfe WINTER
besichtigen MAIbaumstuben,
bewundern MAIbaumaufsteller, MAIbaumfiguren,
MAIbaumfundamente, MAIbaumkraxler und Buben
vom MAIbaumverein, die MAIbaumlieder schmettern,
MAIbaumkränze
aufhängen und bei der MAIbaumfeier MAIbaumtänze
aufführen. MAIländer und MAInzer MAIbaumfreunde
auf Traktorgespannen
tuckern von MAIbaum zu MAIbaum, auf Milchkannen
sitzend, in denen MAIbowle schwappt!
Vor WINTER und SOMMER klappt
am MAIbaumplatz ein MAInzer mit bunten
MAIbaumbändern
vom Traktorgespann, der sogleich von johlenden
MAIländern
umringt wird! Eine MAInzerin dirigiert das
Traktorgespann
den Abhang hinterm MAIbaum hinunter, und dann
versagen die Bremsen. Das Traktorgespann rammt
MAIbaumdiebe
ausgerechnet beim MAIbaumklau! MAIglöckchen bilden
erste Triebe.

Haushaltshilfe WINTER und Doktor SOMMER im MATSCH

Haushaltshilfe WINTER und Doktor SOMMER
zerMATSCHen MATSCHtorten.
Professor MATSCHullas Kinderhort »MATSCHzwerge«
öffnet seine Pforten!
SOMMER organisiert MATSCHhandschuhe,
MATSCHfußball und einen MATSCHlauf
über Bauer SOMMERachs MATSCHkoppel, wo vorm Autokauf
im Autohaus MATSCHko auch Kunden
MATSCHreifen auf MATSCHrutschen mehrere Runden
testen; SOMMERach macht seinen MATSCH zu Geld!
WINTER begleitet einen »MATSCHzwerg« im MATSCHanzug, fällt
zwischen zwei MATSCHpfützen und reißt den MATSCHzwerg
mit. Ein Geländewagenfahrer testet MATSCHreifen, den Berg
hinab, über MATSCHrutschen, genau in Richtung MATSCHpfützen!
Kann SOMMER WINTER und den MATSCHzwerg schützen,
indem er die MATSCHreifen mit MATSCHtomaten bombardiert?
Was er, vom MATSCHspielplatz aus, zumindest ausprobiert!

Haushaltshilfe WINTER und Doktor SOMMER im QUADRAT

Doktor SOMMER beschreibt QUADRATschädel,
QUADRATlatschen und Viren,
die sich hinter PlanQUADRATen auf Straßenkarten
verlieren,
wenn man PlanQUADRATe vor die Nasenlöcher tut,
beim Niesen! Angstpatienten macht SOMMERs Humor
Mut.
Kann Haushaltshilfe WINTER Angstpatienten ablenken?
Mit QUADRATpflastersteinen,
QUADRATlochblechen, QUADRATgittern für
Kreuzworträtsel, QUADRATrohren und
SOMMERweinen
beschäftigt sie einen Patienten, der abseits sitzt
und vor lauter Angst vor Ansteckung schwitzt.
Er bekommt eigene QUADRATmeter zugeteilt,
in denen er sich langweilt.
Weil er meint, dass andere ihn auslachen,
lässt er QUADRATlochbohrer an deren
QUADRATschädel krachen!

Haushaltshilfe WINTER und Doktor SOMMER im QUARTAL

Doktor SOMMER ließ eine QUARTALstrinkerin
QUARTALsabrechnungen machen,
weil Haushaltshilfe WINTER im HochSOMMER ihre SOMMERsachen
packte und in SOMMERliche Gefilde flog!
Mit doppelten QUARTALsgebühren auf QUARTALrechnungen betrog
die QUARTALstrinkerin Krankenkassen und hinterlässt im JahresQUARTAL
Chaos. Weil für SOMMER keine einzige QUARTALszahl
stimmt, liebäugelt er mit SOMMERbieren
und trabt auf allen vieren
durch die Praxis, als WINTER telefonisch wissen
lässt, dass eine giftige Schlange sie gebissen
hat und sie im abbruchreifen Krankenhaus liegt!
Das QUARTALsläuten der Bergglocken im Fernsehen kriegt
SOMMER neben der QUARTALstrinkerin mit, beim QUARTALssaufen.
Auf QUARTALsrezepte wartende Patienten lassen
Handykameras laufen.

Haushaltshilfe WINTER und Doktor SOMMER im RAUCH

Haushaltshilfe WINTER und Doktor SOMMER riechen RAUCH
vom KettenRAUCHer BRAUCHmann, der ihnen den GebRAUCH
vom chinesischen, RAUCHgrauen Router zeigt.
Am SOMMERtag im HochSOMMER steigt
die ausnahmsweise RAUCHende WINTER in
BRAUCHmanns GebRAUCHtwagen
hinter PassivRAUCHer SOMMER, und alle drei jagen
mit RAUCHendem Auspuff zum Badeweiher. Vom RAUCHgrauen
Router überhitzt der Netzstecker, und am tiefblauen
Badeweiher herrscht Hochbetrieb! Als SOMMERs
RAUCHwarnmelder losschrillt,
ist BRAUCHmann mitsamt RAUCHerbein gerade nicht gewillt,
seine Finger von WINTERs Badenudel zu lassen.
SOMMER muss BRAUCHmanns RAUCHerbein einen Tritt verpassen!

Haushaltshilfe WINTER und Doktor SOMMER im ROLLSTUHL

Doktor SOMMER betreut ROLLSTUHLfechter.
Haushaltshilfe WINTER mietet
beim ROLLSTUHLverleih einen SportROLLSTUHL.
Ein ROLLSTUHLfechter bietet
SOMMER ROLLSTUHLtraining an; ein allgemeines!
Dass sich vorn ein kleines
ROLLSTUHLrad löst, kriegt SOMMER auf dem
ROLLSTUHLkarussell
neben ROLLSTUHLschaukeln vom ROLLSTUHLclub
und einem ROLLSTUHLuntergestell,
das da am ROLLSTUHLparcours rumsteht,
überhaupt nicht mit. Vielmehr dreht
WINTER durch, als ihr SOMMER vom
ROLLSTUHLlift
aus zuruft, ob sie den ROLLSTUHLmechaniker trifft.
Einer von den ROLLSTUHLreifen würde sich lösen.
Danach vollführt SOMMER einen Sturz. Einen bösen!

Haushaltshilfe WINTER und Doktor SOMMER im STAUB

Doktor SOMMERs Haushaltshilfe WINTER darf STAUBsaugerroboter testen,
wegen ihrer HausSTAUBmilbenallergie. SOMMER verdient am besten
an Patienten, die über STAUBbeutellose STAUBsauger fallen,
die STAUB verstreuende STAUBsaugervertreter im Wartezimmer allen
empfehlen! Ein STAUBsaugerfachmann misst draußen den FeinSTAUBwert,
wonach er die Gefährlichkeit von STAUB erklärt.
Eine STAUBsaugerfachfrau erläutert ein überdimensionales STAUBkorn
aus Plastik im Aufbau, von vorn,
von hinten und der Seitenansicht.
STAUBbeutellose STAUBsauger sollten zur Pflicht
in Innenräumen werden, dafür wirbt sie stark!
Hinter der Praxis wirbelt Bauer SOMMERachs Maschinenpark
HeuSTAUB und StraßenSTAUB auf, den WINTER riecht
und der irgendwie durch sämtliche Ritzen kriecht.

Haushaltshilfe WINTER und Doktor SOMMER im TERROR

Doktor SOMMERs Haushaltshilfe WINTER lacht,
als Polizisten von TERRORbekämpfung,
TERRORverdacht,
TERRORistischen Vereinigungen,
TERRORversicherungen bei TERRORanschlägen und
»TERROReliten«
sprechen. SOMMER musste TERRORisten den Keller
vermieten!
Seit TERRORwarnungen vor einer TERRORnacht
mit vielen TERRORtoten besteht TERRORverdacht
laut TERRORexperten im TERRORismusbereich in
SOMMERs Heimatstadt.
Nach TelefonTERROR und PsychoTERROR einer
TERRORgruppe hat
SOMMER das Kellerzimmer heimlich vergeben,
wo TERRORistinnen mit TERRORkatern leben.
Alle im Haus wissen's und schweigen.
Wie's weitergeht? Das wird sich zeigen.

Haushaltshilfe WINTER und Doktor SOMMER im TIBET

Zum SOMMERanfang will Doktor SOMMER
ostTIBETische Regionen
ansteuern! TIBETanische Mönche mit TIBETanischen
Doggen wohnen
unter SOMMER und verkaufen TIBETteppiche,
TIBETlammfelle,
TIBETorchideen und Wasser namens »TIBET-Quelle«,
auf das SOMMERs Haushaltshilfe WINTER schwört!
Weil SOMMER die TIBETanischen Doggen hört,
bringt er das geborgte TIBETanische Totenbuch runter,
wo ihn TIBEThunde und der TIBETmakak munter
begrüßen! Mit TIBETisch gekleideten Mönchen, dem
TIBETmakak,
Geldsammelboxen und TIBETischer Medizin treibt
SOMMER Schabernack
zu TIBETischer Musik vor seinem Praxisschild!
Anderntags erscheint davon ein tolles Zeitungsbild.

Haushaltshilfe WINTER und Doktor SOMMER im TÖLT

Doktor SOMMERs Haushaltshilfe WINTER bewundert
TÖLTende Traberstuten
auf TÖLTbahnen beim Nachbarbauer SOMMERach, der
guten
TÖLT erklärt und TÖLTsättel testen
will. SOMMERach hat die besten
ergattert! Fürs TÖLTrennen sattelt SOMMER
SOMMERachs Islandpferd,
das sich über den engen Sattelgurt beschwert
und sich, WINTER ansabbernd, fast zu spät,
unterm TÖLTsattel der Marke STÖLTebecker mächtig
aufbläht.
Im Galopp statt im RennTÖLT, ohne Reiter,
überquert SOMMERachs Isländer die Ziellinie als
Zweiter!
Im bequemen TÖLTsattel plätschert SOMMERach
neben der TÖLTbahn im Bach.

Haushaltshilfe WINTER und Doktor SOMMER im TREND

In Doktor SOMMERs Wartezimmer meditiert ein TRENDscout,
der mit TRENDfrisur über seine TRENDbrille hinwegschaut,
TRENDige Schuhe in TRENDfarben trägt
und Haushaltshilfe WINTER TRENDpflanzen vorschlägt.
Unvorsichtigerweise meint WINTER bei TRENDsetzenden TRENDermittlungen »vielleicht«,
was dem TRENDscout fürs TRENDscouting völlig ausreicht,
um ihr Testpakete mit TRENDprodukten,
wie TRENDgardinen, TRENDgetränken, frisch gedruckten
TRENDwörterbüchern, TRENDumfragen, TRENDdeko und TRENDklamotten
zukommen zu lassen! Einen flotten
TRENDforscher hat der TRENDscout gleich mitbestellt,
was den Patienten im Wartebereich gefällt!
SOMMER, WINTER, TRENDforscher und TRENDscout verkaufen
TRENDprodukte und kommen kaum zum Verschnaufen!

Haushaltshilfe WINTER und Doktor SOMMER im UNGLÜCK

Doktor SOMMER besichtigt gerade
UNGLÜCKsreaktoren,
als UNGLÜCKe vor den Toren
des Atomkraftwerks geschehen! Beim
KutschenUNGLÜCK gibt's leicht
VerUNGLÜCKte. Eine schwarze Katze als
UNGLÜCKsbote umschleicht
SOMMER UNGLÜCKseligerweise genau da, als die
UNGLÜCKskunde
kommt. Er verarztet am UNGLÜCKsort eine Wunde,
und UNGLÜCKshäher und UNGLÜCKsraben kreisen
hoch oben,
während vom BootsUNGLÜCK am Weiher, der
sagenumwoben
ist und UNGLÜCKlicherweise hinterm Atomkraftwerk
liegt,
eine UNGLÜCKsmeldung kommt, die SOMMER
mitkriegt,
aber zwischen allen UNGLÜCKsbeobachtern und
UNGLÜCKsopfern ignoriert.
Angeblich sind neben Haushaltshilfe WINTER
UNGLÜCKsmaschinen explodiert!

Haushaltshilfe WINTER und Doktor SOMMER im VERHÖR

Doktor SOMMER VERHÖRt sich im VERHÖR ständig
als VERHÖRperson vorm VERHÖRrichter, der zwar
lebendig
spricht, aber nuschelt. Umbauarbeiten finden im
VERHÖRamt
zudem statt. VERHÖRzellen und VERHÖRräume sind
verdammt
kalt, weil unbeheizt. Haushaltshilfe WINTERs
VERHÖRstuhl stinkt,
weswegen sie zwischen VERHÖRspezialisten um Luft
ringt
und SOMMER vorm VERHÖRrichter annießt.
Der Tontechniker neben WINTER schießt
aus dem VERHÖRzimmer und bittet die Bauarbeiter
energisch um Ruhe! SOMMER VERHÖRt sich weiter
und kritzelt geistesabwesend VERHÖRfragen aufs
VERHÖRprotokoll.
Ob eine andere VERHÖRperson weitermachen soll?
Mitten im VERHÖR verliert WINTER ihr Textblatt.
Die VERHÖRszene findet für ein Hörspiel statt!

Haushaltshilfe WINTER und Doktor SOMMER im VIDEO

Doktor SOMMER liest konzentriert vom
VIDEOendoskop Testberichte
und bekommt KatzenVIDEOs und VIDEOnachrichten
von Nichte
Barbara, die beruflich WerbeVIDEOs dreht. Bei
VIDEOkonferenzen
bemängelt SOMMER die VIDEOqualität von einzelnen
VIDEOsequenzen.
Haushaltshilfe WINTER macht sich unbeliebt,
weil sie dauernd Patienten dazwischenschiebt.
Wegen VIDEOanrufen hat SOMMER keine Lust
und übersieht Knoten auf der Brust
einer Testpatientin, die ein bekanntes
Gesundheitsmagazin lossandte!
SOMMER bekrittelt die VIDEOmaut, als die bekannte
Fernsehmoderatorin im SOMMERloch diese beliebte
SOMMERsendung anmoderiert.
SOMMER cancelt VIDEOsprechstunden. Trotz
verpixeltem Gesicht verliert
er sämtliche Stammpatienten, die seine
Behandlungszimmer erkennen,
ihm vernichtende VIDEObotschaften senden und ihm
davonrennen!

Haushaltshilfe WINTER und Doktor SOMMER im WAHNSINN

Haushaltshilfe WINTER und Doktor SOMMER starten
WAHNSINNsprojekte!
Viele WAHNSINNsangebote zum WAHNSINNspreis, in
denen versteckte
Preisfallen lauern, lässt sich SOMMER bei
WAHNSINNshitze
einfallen. Auch WINTER steuert im
WAHNSINNstempo Geistesblitze
bei. Weil SOMMERs Nachbarbauer SOMMERach
SäuferWAHNSINN
entwickelt, verkauft ihm SOMMER zu Beginn
dagegen – und auch gegen RinderWAHNSINN –
WAHNSINNig billige,
selbstgemachte Pillen. Er findet auch andere, willige
Testkäufer. WINTER ordert mit WAHNSINNiger
Geschwindigkeit Pillendosen,
die sie wie eine WAHNSINNige mit großen,
selbstgemachten, diversen Pillen »für die
WAHNSINNsgesundheit« befüllt.
Wobei die Kapselhülle nur Vitamin C umhüllt,
eingebettet in ein bisschen Heilerde.
Bis jetzt gab's keine Beschwerde!

Haushaltshilfe WINTER und Doktor SOMMER im WASSER

Als Haushaltshilfe WINTER und Doktor SOMMER
anfangen,
in WASSERabweisender Kleidung vom
WASSERwachtsteg aus WASSERschlangen
zu filmen, bricht eine WASSERleitung
in ihrer Praxis. Die Ausbreitung
des WASSERs bemerken WASSERverbraucher in
Wohnungen darunter,
weil WASSERtropfen und WASSERrinnsale aus
WASSERflecken munter
die Köpfe der WASSERverschwender benetzen!
Während WASSERscheue WASSERverbraucher kopflos
umherhetzen,
friemelt WINTER Scherben einer WASSERflasche
aus ihrer Fußsohle. SOMMERs Badetasche
plumpst mitsamt WASSERdichter Notfallhandys ins
SeeWASSER hinab.
WASSERfontänen bringen WASSERverbraucher unter
WASSERrohren auf Trab,
und während die vom WASSERdienst anbrausen,
dokumentiert SOMMER, wo WASSERschlangen hausen!

Haushaltshilfe WINTER und Doktor SOMMER im WETTBEWERB

Doktor SOMMERs Haushaltshilfe WINTER verliert
beim ReiterWETTBEWERB,
obwohl sie beim DressurWETTBEWERB mit
WETTBEWERBsdenken derb
aufs Pferd eindrischt! Der SpringWETTBEWERB wird
unterbrochen,
weil beim bis dahin WETTBEWERBsfähigen SOMMER
Fingerknochen
brechen. Im WETTBEWERBsstarken Krankenhaus
wird SOMMER untergebracht,
wo WETTBEWERBsanalysen und
WETTBEWERBsstrategien unter
WETTBEWERBsbedingungen gemacht
werden. Ein Patient, der in der
WETTBEWERBszentrale
an WETTBEWERBsgesetzen und
WETTBEWERBsplänen arbeitet, fordert totale
Freigabe des WETTBEWERBsrechts und den
WETTBEWERBsschutz aufzuheben.
Nach WETTBEWERBswidrigem Verhalten,
BuchstabierWETTBEWERBen und
RedeWETTBEWERBen geben
Ärzte SOMMER Schmerzmittel und schicken
ihn fort, weil vom dicken
Patienten von der WETTBEWERBszentrale
Familienangehörige eingeliefert werden.
Sie spenden WETTBEWERBslöhne! Haben aber
ernsthafte Beschwerden.

Haushaltshilfe WINTER und Doktor SOMMER in AACHEN

Beim AACHENer Weiher verlieren am AACHENer Reitturnier
AACHENer Turnierhengste ihre AACHENer Reiter! Gegen vier
wird der AACHENer Hauptbahnhof wegen der wertvollen
Hengste gesperrt, die beim AACHENer Bahnhofplatz herumtollen!
Haushaltshilfe WINTER und Doktor SOMMER, gerade hinten
im AACHENer Bahnhofsgebäude angekommen, ordern AACHENer Bruchprinten.
WINTER, die einen AACHENer Fremdenführer gebucht hat,
erfährt von dem telefonisch auf AACHENer Platt,
an der Stadtmauer AACHENs stocke der Verkehr.
Bei der Spielbank AACHEN geht nichts mehr!
Unfälle beim AACHENer Dom, am AACHENer Landgraben,
im Rathaus und vorm AACHENer Tierpark haben
alles lahmgelegt. WINTER ersteht vom AACHENer Wald
Bildbände. Ihr gebuchter Anschlusszug fährt schon bald.

Haushaltshilfe WINTER und Doktor SOMMER in AFRIKA

Bei Doktor SOMMER und Haushaltshilfe WINTER
hängen
AFRIKAbilder, AFRIKAnische Flaggen,
AFRIKApolitische Leitlinien und Unmengen
an Elfenbeinschnitzereien, Vogelfedern und präparierten
Reptilienhäuten
im Wartezimmer! WINTER konnte die erbeuten
auf ihrer AFRIKAreise und an Artenschutzhunden
vorbeischleusen.
WINTER erzählt von ZentralAFRIKA, AFRIKAhandel
und Kopfläusen,
zu AFRIKAmissionaren und AFRIKAbeauftragten des
Bundesministeriums gewandt,
die AFRIKAans miteinander sprechen und wie gebannt
Wände anstarren! WINTER erläutert die AFRIKAnische
Schweinepest.
SOMMER findet eine tödliche Leberkrankheit im
Bluttest
eines AFRIKAmissionars! Letzterer muss die Nachricht
verdauen,
während SOMMER und WINTER nach WestAFRIKA
abhauen.

Haushaltshilfe WINTER und Doktor SOMMER in ASIEN

Doktor SOMMER fällt DouglASIEN. Zwei
ASIENexperten halten
zwischen GymnASIEN und der ASIENbibliothek
gegenüber, entfalten
Falt-Handys aus OstASIEN, denen sie FantASIENamen
gaben und filmen SOMMER, der mit DouglASIENsamen
im Haar und DouglASIENzapfen in den Hosentaschen
rüberwinkt! Zwei DouglASIEN beuteln Sturmböen.
SOMMERs Gamaschen
verfangen sich irgendwie im DouglASIENholz.
Ein ASIENexperte präsentiert ihm stolz
ein Video, auf dem SOMMER drei DouglASIEN
erschlagen! Haushaltshilfe WINTER rüttelt SOMMER
vor ZentralASIEN
wach. Beide befinden sich auf großer ASIENreise
im Flieger. SOMMER zerschnippelt ASIENbirnen ganz
leise.

Haushaltshilfe WINTER und Doktor SOMMER in BAYERN

Haushaltshilfe WINTER und Doktor SOMMER
besichtigen BAYERNweit
ausstrahlende Fernsehsender neben zwei BAYERN, die
siebengescheit
daherreden, BAYERNfähnchen und BAYERNkarten
schwenken und BAYERNlieder
und die BAYERNhymne krakeelen, wieder und wieder.
Da die BAYERN BAYERNbefliegungen machen
und WINTER sie zum Lachen
bringt, dürfen beide mit den BAYERN mitfliegen,
über OberBAYERN! Genau beim BAYERNweiten
Probealarm kriegen
sie, bei bestem Wetter und bester Sicht,
einen Hagelflieger vors Gesicht und können nicht
ausweichen, überm Irschenberg! Die BAYERNweit
ausstrahlenden Fernsehsender
versenden Bildmaterial vom Flugzeugzusammenstoß in
andere Länder,
gemeinsam mit Werbung für Bier aus BAYERN,
in der BAYERN BAYERNfähnchen schwenken und
feiern!

Haushaltshilfe WINTER und Doktor SOMMER in BERN

Streik von ArbeitgeBERN vor GesetzgeBERN in BERN!
Haushaltshilfe WINTER und Doktor SOMMER
alBERN gern
mit den BERNer Schauspielern beim BERNer
Bärengraben.
BERNer mit BERNsteinfarbenen Augen und
WagenheBERN haben
SOMMER erklärt, dass sie alBERNe Filmszenen drehen.
Den BERNer Dialekt konnte SOMMER kaum verstehen.
Auf BERNdeutsch, in alBERN aussehender, silBERNer
Regenjacke
fieBERNd, erklärt Kameramann BERNie WINTER eine
Bärenattacke
am Handy. BERNie zeigt stolz seinen
BERNsteinanhänger
am Hals. BERNies AlBERNheit verschwindet für länger
und abrupt, als er BERNer Stadtbären frei
hinter WINTER sichtet! BERNie tut einen Schrei.

Haushaltshilfe WINTER und Doktor SOMMER in FAHRT

Doktor SOMMERs Haushaltshilfe WINTER kommt in
FAHRT!
ZuFAHRT und AufFAHRTsrampe zur Notaufnahme
sind hart
von Krankenwagen umkämpft, stellt WINTER fest.
Auf WINTERs AutoFAHRT hätte ein Alkoholtest
Fahruntüchtigkeit ergeben. Weil WINTER eine
EinFAHRT mehrfach
sieht, endet ihre rasante FAHRT im Bach
zwischen AufFAHRT und EinFAHRT. WINTERs
FAHRTechnik tritt
in den Hintergrund. Der Politiker ist unfit,
den sie befördert! Und zwar gefährlich.
Anderntags berichten Zeitungsjournalisten zwar
einigermaßen ehrlich
über WINTERs IrrFAHRT und den schlechten Zustand
des Politikers. Was sie Lesern im Land
verschweigen, ist der Alkoholkonsum beim
Politiker-Bankett.
SOMMER und WINTER fanden's dort recht nett.

Haushaltshilfe WINTER und Doktor SOMMER in FAUST

Haushaltshilfe WINTER und Doktor SOMMER sehen
»FAUST,
FAUSTdick gelogen!« als Theaterstück. Ein FAUSTring
saust,
wie auch FAUSThanteln, FAUSTgroße Steine,
FAUSThämmer, FAUSTkeile
und FAUSTdolche, durch die Lüfte. »Alles
Schaumstoffteile«,
erklärt Doktor FAUSTus auf der Bühne beglückt,
bevor er, FAUSThandschuhe tragend und wie verrückt
um Teekessel herumjagend, FAUSTmesser hochhält
und Tee vor SOMMER hinstellt.
»Trink, sonst setzt's FAUSThiebe!«, erklärt FAUSTus
und SOMMER tut, was er muss.
Hinter WINTER stürmen Polizisten herein. »Achtung,
Gift!«,
rufen sie. WINTER stutzt. Ob's SOMMER betrifft?

Haushaltshilfe WINTER und Doktor SOMMER in GESELLSCHAFT

Doktor SOMMERs Haushaltshilfe WINTER liebt das
GESELLSCHAFTsspiel
»ÜberflussGESELLSCHAFT«! Als GESELLSCHAFTer
erreicht man das Spielziel.
BusreiseGESELLSCHAFTen muss man Käufe
überflüssiger Dinge nahelegen.
Am Spielfeld der EngergieGESELLSCHAFT ist das
Bewegen
ohne Stromantrieb verboten! Wo
GESELLSCHAFTskritiker GESELLSCHAFTstänze
einstudieren,
muss der GESELLSCHAFTer diese laut
GESELLSCHAFTsvertrag eliminieren,
auf einem GESELLSCHAFTsfeld namens
»GESELLSCHAFTsbild«.
Manche GESELLSCHAFTskritiker wehren sich wild,
bevor sie am GESELLSCHAFTsfeld
»WegwerfGESELLSCHAFT« landen,
wo auch GESELLSCHAFTliche Außenseiter unverhofft
stranden.
Wenn ein GESELLSCHAFTer aus der
SpaßGESELLSCHAFT gewinnt,
erhält er GESELLSCHAFTsspiele und die
EnergieGESELLSCHAFT »Rückenwind«!

Haushaltshilfe WINTER und Doktor SOMMER in GRAZ

Weil Doktor SOMMER GRAZilen, GRAZiösen
GRAZien hinterherdackelt,
tut Haushaltshilfe WINTER, als ob sie umschnackelt
beim GRAZ-Marathon. Vom GRAZer Männerchor
traben
GRAZer, die einen Leiterwagen mit SOMMERbier
dabeihaben.
Zusehende GRAZerinnen und GRAZer erhalten
SOMMERbier, während WINTER am kalten
Lauftag in den Leiterwagen gesetzt
wird! Zwischen den GRAZien fetzt
SOMMER WINTERs Leiterwagen hinterher. Die Läufer
schwitzen.
WINTER schnattert »mille GRAZie« im Sitzen,
und der GRAZer Männerchor singt,
während sie ein Schnattern zustandebringt.
Nach dem GRAZ-Marathon bekommt WINTER
Virusgrippe.
SOMMER nimmt WINTER kräftig auf die Schippe.

Haushaltshilfe WINTER und Doktor SOMMER in HETZE

Haushaltshilfe WINTER berichtet Doktor SOMMER
über Schwarmhass
und SchwarmHETZE, beide HETZEn – SOMMER ist
blass
im Gesicht! Er beobachtet in der Fußgängerzone
umeinanderHETZEnde Hunde, die von Frauen, »oben
ohne«
und Fahnen mit volksverHETZEnden Parolen
schwenkend, zurückgepfiffen
werden! Ein herumHETZEnder Hund hätte WINTER
angegriffen,
aber ein Bursche mit dem Aufdruck »offiziell
aufHETZEnder ParteiHETZEr« auf Fahnen kommt
SOMMER schnell
zuvor und verhetzt den Hund. Die HETZErei
wird von Polizisten unterbunden, von denen drei
gebissen werden. SOMMER kommt der hippokratische
Eid
in den Sinn. Er gibt Kollegen Bescheid!

Haushaltshilfe WINTER und Doktor SOMMER in KIEL

Doktor SOMMER verlor seinen FederKIEL
in der KIELer Förde, fiel
hinter den Rücken vom KIELer
Fremdenführer, Haushaltshilfe WINTER und vieler
KIELer Passanten und KIELer Blasmusikanten, die
verdutzt
schauen, weil aufgewirbeltes KIELwasser zwischen
BootsKIELen ölverschmutzt
aussieht, das aus einem KIELraum entweicht.
WINTER fotografiert KIELjollenkreuzer und
KIELrollenwippen leicht
verwackelt, als ein Alarm hinter KIELzugvögeln
losschrillt!
Die Feuerwehr räumt die KIELer Förde wild
entschlossen! WINTER wird von KIELer
Blasmusikanten mitgerissen.
Erst viel später wird WINTER SOMMER vermissen.

Haushaltshilfe WINTER und Doktor SOMMER in NATUR

Haushaltshilfe WINTER und Doktor SOMMER kaufen NATURsteine.
Zwischen NATURfriseuren und anderen NATURliebhabern gehört eine
Gartenparzelle neuerdings SOMMER, mit NATURbad und NATURteichen!
SOMMER hasst Ameisen und Insekten, fällt Eichen,
legt NATURsteine aus und sich mit NATURfriseuren an, die mit NATURfreunden SOMMERs Garten zerstören,
in einer lauen SOMMERnacht! »NATURnah statt NATURfern«
sprühen NATURschützer auf Plakate. WINTER schwimmt gern
im NATURbad, nur haben NATURfreunde Wasserschlangen ausgesetzt.
Die NATURfriseure machen SOMMER und WINTER jetzt
ein Kaufangebot für die Gartenparzelle!
SOMMER verkauft auf der Stelle.

Haushaltshilfe WINTER und Doktor SOMMER in PAUSE

Haushaltshilfe WINTER und Doktor SOMMER buchen
»PAUSEntage«
mit PAUSEnclowns im Hotel PAUSEnhof. Nach Anfrage
und RauchPAUSEn erklärt sich Hausarzt PAUSErman
bereit,
SOMMERs Praxis mitsamt PAUSEnregelungen in
SOMMERs PAUSEnzeit
zu übernehmen! Während PAUSEnclowns Schichtleiter
der PAUSEnschicht
spielen, in der PAUSEnboxen in DenkPAUSEn undicht
werden vor SOMMERs Augen, und zwar PAUSEnlos
im PAUSEnraum vom PAUSEnhof, schreibt PAUSEr-
man groß
»ArbeitsPAUSE« auf PAUSEnpläne und »bin
PAUSEnbrötchen holen.«
PAUSErman verschwindet. Will er SOMMERs
Patienten verkohlen?
SOMMER macht bei PAUSEnloser PAUSEnmusik
PAUSEndosen heil.
Seine Patienten denken sich derweil ihren Teil.

Haushaltshilfe WINTER und Doktor SOMMER in PRAG

Haushaltshilfe WINTER und Doktor SOMMER
besichtigen PRAG!
Nach Streitgesprächen über PRAGmatismus und
PRAGmatik mag
SOMMER nicht mehr. Auf irgendeinem PRAGer Platz
überredet ihn WINTER PRAGmatisch, den PRAGer
Domschatz
anzuschauen! WINTER trägt einen leeren PRAGer
Suppentopf
zur Belustigung der PRAGer auf dem Kopf,
und vor einem PRAGer Prachtbau
stiehlt sie SOMMER die Schau
und tanzt PRAGer Polka mit PRAGer Polizisten
und dem PRAGer Suppentopf zwischen leeren
Obstkisten.
Als SOMMER auf den PRAGer Domschatz schaut,
wird der tatsächlich vor seinen Augen geklaut!
Kann die PRAGer Polizei in PRAGer Gassen
die PRAGerinnen mit dem PRAGer Domschatz fassen?

Haushaltshilfe WINTER und Doktor SOMMER in PERU

Doktor SOMMERs Haushaltshilfe WINTER sähe gern
PERUtauben
und PERUanische Schnabelwale. PERUanische Männer
mit Sturmhauben
überrennen WINTER in Lima regelrecht!
Vorm PERUanischen Maler, der echt
hübsche Bilder vom PERUanischen Amazonasgebiet
und PERUanische Präsidenten malt, sieht
WINTER plötzlich nur noch schemenhaft.
Im mittleren Süden PERUs schafft
SOMMER sie ins Hospital. Dort brechen
PERUanische Patienten aus, die spanisch sprechen
und an PERU-Warzen auf der Haut
und an Oroya-Fieber leiden! SOMMER schaut,
dass sie schnell heimkommen, zum PERUaner
Meerschweinchen.
Das kostet SOMMER und WINTER etliche Scheinchen.

Haushaltshilfe WINTER und Doktor SOMMER in SICHERHEIT

Bauer SOMMERach tritt mit GangunSICHERHEIT und
SICHERHEITsdatenblättern
von Spritzmitteln vor Doktor SOMMER.
FachSICHERHEITskräfte wettern
neben SICHERHEITsberaterinnen, weil SOMMERach
SICHERHEITshalber wegen UnSICHERHEIT
mit ZielSICHERHEIT hereinwankt. Er verlängert ihre
Wartezeit!
SOMMERach deutet auf SICHERHEITskennzeichen,
SICHERHEITshinweise
und SICHERHEITsinformationen, bevor er leise
die Augen verdreht und zusammensackt.
SOMMERs robuste Haushaltshilfe WINTER packt
mit an, als FachSICHERHEITskräfte und die
SICHERHEITsberaterinnen
mit SICHERHEITsmasken in SICHERHEITsschuhen
ohne SICHERHEITsabstand beginnen,
SOMMERach im Auto zwischen SICHERHEITsgurten
zu platzieren.
WINTER will die Giftambulanz SICHERHEITshalber
vorab informieren!

Haushaltshilfe WINTER und Doktor SOMMER in TIROL

SüdTIROLerinnen umtanzen TIROLer Speck mit bunten
TIROLerhüten!
Haushaltshilfe WINTER und Doktor SOMMER
erhalten Tüten
voller SüdTIROLer Äpfel nach der SüdTIROLer
Obstbautagung
vor der SüdTIROLer Weinstube. Bei der
Urlauberbefragung
gewann SOMMER am TIROLer Abend TIROLer Speck,
Äpfel, TIROLerhüte und TIROLer Steinöl. »Der Dreck
wird von der Familie nicht gegessen«, petzen
SüdTIROLer Bauernburschen, die sich von Äpfeln
wegsetzen.
WINTER bekommt von einem SüdTIROLer Mädchen
erklärt,
dass es ungespritzte Äpfel vom Vorgarten verzehrt.
WINTER kauft SüdTIROLer Wein und SüdTIROLer
Obstbrände.
Ihre SüdTIROLer Äpfel kriegen Kühe im Almgelände.

Haushaltshilfe WINTER und Doktor SOMMER in ULM

Doktor SOMMERs Haushaltshilfe WINTER hilft
ULMer Baumpaten!
Unter vom »Großen ULMensplintkäfer« berohten
ULMen beraten
sich ULMer Baumpaten, an ULMenstämme gekettet,
mit WINTER, die neuerdings ULMen rettet,
weil sie dem Verein »FULMinante
Demonstrationshelfer« angehört,
der ULMer Behörden und ULMer Baumfäller stört.
Die ULMer Situation um WINTER wird gefährlich.
SOMMER telefoniert mit ihrer KULMbacher Tante,
ehrlich
besorgt! Letztere erregt sich übers ULMensterben sehr
und schafft's mit ihrem Vermögen einmal mehr,
dass die PrachtULMen erhalten bleiben. Nur
ULMenkronen
werden gekappt. Während Baumfäller die ULMen
verschonen,
finanziert WINTERs KULMbacher Tante indirekt
das geplante Neu-ULMer Umgehungsstraßenprojekt.

Haushaltshilfe WINTER und Doktor SOMMER in UNTERSUCHUNG

Doktor SOMMERs Haushaltshilfe WINTER vertauscht
in Hast
BlutUNTERSUCHUNGen aus drei
UNTERSUCHUNGszimmern, verwechselt
UNTERSUCHUNGsergebnisse, erfasst
UNTERSUCHUNGsdaten in
UNTERSUCHUNGsstatistiken falsch und notiert
UNTERSUCHUNGsbefunde, für die SOMMER
mehrmals abkassiert.
SOMMER will seine UNTERSUCHUNGsgeräte
auslasten. Die UNTERSUCHUNGsintervalle
verkürzt er drastisch, und zwar für alle
StandardUNTERSUCHUNGen, zwischen
UNTERSUCHUNGen und
ZusatzUNTERSUCHUNGen. Bei der Mammographie
befürwortet WINTER ReihenUNTERSUCHUNGen,
lobt Professor und Genie
WINTERschläfer und informiert Patientinnen dauernd,
auf UNTERSUCHUNGszusagen vor
UNTERSUCHUNGsscheinen lauernd!
Weil WINTER Patienten zur zahnärztlichen
MassenUNTERSUCHUNG sendet,
erklärt SOMMER den erfolgreichen
UNTERSUCHUNGstag als beendet.

Haushaltshilfe WINTER und Doktor SOMMER KLAUEN

KLAUENpfleger KLAUENberg lässt sich ungern Zeit
KLAUEN!
Kann er Doktor SOMMERs Haushaltshilfe WINTER
trauen?
KLAUENberg hatte KLAUENseuche, jetzt bringt er
Viren
aus dem WINTERurlaub mit. Er muss KLAUENtieren
im KLAUENpflegestand die KLAUEN pflegen,
KLAUENbäder durchführen,
KLAUENverbände anlegen und Ursachen für
KLAUENverletzungen aufspüren!
KLAUENberg führt KLAUENnägel zum Mund.
SOMMER meint, es ist ungesund
für ihn und Menschen um ihn herum.
KLAUENberg mit seinem hochinfektiösen Virus lauscht
stumm,
dann zückt er ein KLAUENmesser.
Wissen Ärzte stets alles besser?

Haushaltshilfe WINTER und Doktor SOMMER LEISTEN

Haushaltshilfe WINTER und Doktor SOMMER legen
QuadratLEISTEN,
LEISTENsteine, BilderrahmenLEISTEN und
HandlaufLEISTEN im am meisten
frequentierten Gang im Baumarkt zum Nachmessen
auf den Boden. Mehrere LEISTENsteine vergessen
sie dort, wodurch die Gabelstapler blockieren,
die Paletten mit HolzLEISTEN verlieren,
die fies WINTERs LEISTENgegend streifen.
Weil sie nach LEISTENsteinen greifen
will! Als WINTER mit LEISTENverletzungen im
Hospital
liegt, kämpfen SOMMER und ein
ReservedienstLEISTENder total
um SOMMERs vertretende Haushaltshilfe mit den
LEISTENabszessen.
WINTER beichtet Chefarzt LEISTENbeck ihre
geheimsten Interessen!

Haushaltshilfe WINTER und Doktor SOMMER MERKEN

Doktor SOMMER pausiert bei AktenverMERKEN
beMERKENswert lang!
Haushaltshilfe WINTER und Patienten MERKEN, dass
Stimmklang
und Tonfall verändert wirken. Die Bank sendet
Schreiben mit SperrverMERKEN, derweilen SOMMER
Geld verschwendet,
für Aktienkäufe von der Pharmafirma MERKENveld.
Hier muss man anMERKEN, dass Geld
beMERKENswerterweise in großangelegten
Medikamentenstudien versandet,
wodurch MERKENveld in Schlagzeilen landet.
SOMMER jongliert mit AufnahmeverMERKEN und
EingangsverMERKEN, verwirrenderweise,
was WINTER aufMERKEN lässt, und spricht leise
wie sonst nie. Journalist MERKENschlager enthüllt,
dass SOMMERs Zwillingsbruder SOMMERs Arztrolle
ausfüllt!

Haushaltshilfe WINTER und Doktor SOMMER mit AUTO

Doktor SOMMERs Haushaltshilfe WINTER mag
ElektroAUTOs, AUTOfahren,
gutaussehende AUTOfahrer und AUTOmagazine. Das
Strom sparen
liegt ihr ebenfalls am Herzen!
Oft ist WINTER zum Scherzen
aufgelegt und steuert ihr Einsitzer-AUTOmobil
auf drei AUTOreifen in die viel
zu enge Unterführung und stellt sich quer.
Hübschen AUTOfahrern in GeländeAUTOs aus dem
Gegenverkehr
macht WINTER im AUTOmobil mit goldenem
AUTOlack
schöne Augen, bringt sie charmant auf Zack
und lässt sich im vergoldeten AUTOmobil hochschieben!
Ihr AUTOmobil wird von störanfälligen AUTObatterien
betrieben.

Haushaltshilfe WINTER und Doktor SOMMER mit ENTZÜNDUNG

Trotz SchleimbeutelENTZÜNDUNG,
StimmbandENTZÜNDUNG, AugenENTZÜNDUNG
und BlasenENTZÜNDUNG verleimt
Doktor SOMMER den Parkettboden. Die Klimaanlage
ist verkeimt.
Haushaltshilfe WINTER hätte die
LungenENTZÜNDUNG fast dahingerafft!
Wegen seiner ENTZÜNDUNGsanämie und chronischen
ENTZÜNDUNGsreizen verschafft
SOMMER sich ENTZÜNDUNGsunterdrückende
Medikamente und ENTZÜNDUNGsfördernden Alkohol.
Seit einer ENTZÜNDUNGsbestrahlung fühlt SOMMER
sich unwohl.
Wegen eigener ENTZÜNDUNGen, erhöhter
ENTZÜNDUNGswerte und ENTZÜNDUNGszeichen
muss SOMMER den Krankenhausbesuch bei WINTER
streichen,
und weil er ENTZÜNDUNGsausbreitungen bereits
stark bemerkt,
trinkt er ENTZÜNDUNGsfördernden Alkohol, der ihn
stärkt.
Wegen ZahntaschenENTZÜNDUNGen will SOMMER
zum Zahnarzt wanken,
kommt aber nur bis hinter defekte Bahnschranken!

Haushaltshilfe WINTER und Doktor SOMMER mit ERKÄLTUNG

Sind Haushaltshilfe WINTER und Doktor SOMMER
ERKÄLTUNGsfrei?
WINTER stellt mit ERKÄLTUNGsbedingter Heiserkeit
ERKÄLTUNGskräuter, dreierlei
verschiedene ERKÄLTUNGsgetränke,
ERKÄLTUNGshonig und ERKÄLTUNGssalben
vor Patienten. In einer halben
Stunde, mitten in der ERKÄLTUNGszeit zwischen
ERKÄLTUNGswellen,
will der ERKÄLTUNGsanfällige SOMMER den
ERKÄLTUNGsknigge vorstellen!
In Form eines Zeichentrickfilms präsentieren
SOMMER und WINTER sprechende
ERKÄLTUNGsviren!
Danach kriegt WINTER Wind von einer Rückrufaktion
von ERKÄLTUNGstees vom
ERKÄLTUNGspräparate-Hersteller am
Mobilfunktelefon.
Im ERKÄLTUNGstee wurden giftige
Pflanzenschutzmittel gefunden.
Diesen ERKÄLTUNGstee testete SOMMER vor
Stunden.

Haushaltshilfe WINTER und Doktor SOMMER mit FEUERWEHR

FEUERWEHRkommandant Franjo verkörpert unterm
FEUERWEHRhelm FEUERWEHRmänner,
FEUERWEHRfrauen
und FEUERWEHRchefs in der Spielecke. Kinder bauen,
während Franjo FEUERWEHRdienstgrade und
FEUERWEHRdienstvorschriften erklärt,
FEUERWEHRleitern und FEUERWEHRrutschen aus
Plastik unbeschwert
auch unter Haushaltshilfe WINTERs prüfenden Augen
zusammen.
Warum FEUERWEHRboote und
FEUERWEHRfahrzeuge mit FEUERWEHRanhängern
entflammen,
bleibt ungeklärt! Franjo telefoniert mit
FEUERWEHRwachen,
und Doktor SOMMER vergeht das Lachen,
weil sein Geländewagen die FEUERWEHRumfahrung
und FEUERWEHRzufahrten
blockiert und er darum zu einer harten
Geldstrafe verurteilt wird. FEUERWEHRkollegen aus
Franjos FEUERWEHRverband
rauben SOMMER die Nerven und den Restverstand.

Haushaltshilfe WINTER und Doktor SOMMER mit FIEBER

Haushaltshilfe WINTER und Doktor SOMMER
bekommen FIEBERschübe
laut FIEBERthermometer und richtiggehend
FIEBERwahn! Die trübe,
grässlich schmeckende Suppe beim Chinesen
ist eventuell der Auslöser gewesen?
WINTER konzentriert sich aufs FIEBER
und tut ganztags nichts lieber,
als mitFIEBERnd FIEBER zu messen
und sämtlichen Patienten vom Essen
beim FIEBERfreien Chinesen, der FIEBERhaft Werbung macht,
abzuraten. Expertinnen für TropenFIEBER schauen auf Verdacht
zum Chinesen. Das Gesundheitsamt sandte die Fachfrauen!
Die Stadt ist im FIEBER. Alle misstrauen
dem FIEBERfreien Chinesen, der daraufhin FIEBER kriegt
und urplötzlich bewaffnet auf SOMMERs
Behandlungsliege liegt.

Haushaltshilfe WINTER und Doktor SOMMER mit FLOH

Haushaltshilfe WINTER und Doktor SOMMER
bekommen verFLOHte
Landstreicher zu Gast, die über die verrohte
Gesellschaft schimpfen! Im FLOHzirkus betreuten sie
FLOHballett,
FLOHkutschen und FLOHwagenrennen, was die
Zuschauer nett
fanden, bevor das Jahrmarktsterben begann. Ein
MenschenFLOH
saugt zwischen FLOHbissen. »Das ist der Jo,
der siegte vorm FLOHwagen bei FLOHwagenrennen
fast
immer!«, erfährt SOMMER. Obwohl SOMMER in Hast
beide behandelt, kämpft er danach mit FLOHbefall.
WINTER holt FLOHspray. Sie bemerkt FLOHkot,
überall!
SOMMER macht die Praxis dicht,
bevor er mit Kammerjägern spricht.

Haushaltshilfe WINTER und Doktor SOMMER mit GEHEIMNIS

Doktor SOMMER tut GEHEIMNISvoll. Sein Songtitel
»GEHEIMNISumwoben«,
wo GeschäftsGEHEIMNIS, GEHEIMNISschutzgesetz
und BankGEHEIMNIS von oben
her in einer SOMMERnacht außer Kraft gesetzt
werden und GEHEIMNISträger kurioserweise
GEHEIMNISverrat begehen, fetzt
in Radiokanälen! SOMMER macht die Praxis dicht,
weil ihm Tourmanager WINTERstein eine
SOMMERtournee verspricht.
Ab SOMMERanfang halten GEHEIMNISumwitterte
Killerviren die Welt
in Atem. Haushaltshilfe WINTER, die SOMMERs Geld
verwaltet, kauft im SOMMER nur mehr Lebensmittel.
WINTERs selbstgeschriebenes Buch mit dem Titel
»StaatsGEHEIMNISse« wird SOMMERs von vielen
Lesern verschlungen,
weil alle wegen staatlich verhängten
Quarantänemaßnahmen notgedrungen
in den eigenen vier Wänden verweilen müssen!
Wird WINTER den positiv getesteten SOMMER
küssen?

Haushaltshilfe WINTER und Doktor SOMMER mit GYMNASTIK

Doktor SOMMERs Haushaltshilfe WINTER steht in GYMNASTIKschläppchen
und GYMNASTIKanzug im Straßenbahnabteil, isst ein Häppchen
und befestigt GYMNASTIKbänder, GYMNASTIKringe, GYMNASTIKzügel
und GYMNASTIKtücher neben einem Haltebügel
an der parallel verlaufenden Haltestange unterm Fahrzeugdach.
SOMMER schwingt GYMNASTIKkeulen mit Ach und Krach,
während WINTER mitsamt GYMNASTIKstäben an den GYMNASTIKringen,
unterbrochen von Stürzen auf GYMNASTIKmatten,
GYMNASTIKübungen gelingen!
Vom örtlichen GYMNASTIKverein kommentiert der GYMNASTIKleiter
vor zusehenden GYMNASTIKlehrern das Ganze heiter.
Bürgermeister SOMMERfels rief den GYMNASTIKtag ins Leben,
bei dem SOMMER und WINTER Vollgas geben.

Haushaltshilfe WINTER und Doktor SOMMER mit HASS

Haushaltshilfe WINTER und Doktor SOMMER
HASSen HASSkommentare!
Von »HASSan13«, der SOMMER HASSt, stammen
unklare
Sätze und HASSgedichte in HASSsprache mit
HASSwörtern
über LieblingsHASSobjekte, die SOMMER und
WINTER erörtern.
»HASSan13« gibt Klarname und Wohnort preis
im HASSgesang. Als SOMMER weiß,
wo BienenHASSer und HASSprediger »HASSan13«
HASSerfüllt wohnt,
findet er, dass ein Besuch sich lohnt.
Aber SOMMER kommt zu spät.
»HASSan13« beging eine HASSkriminalität,
indem er FacHASSistent und Imker HASSelhoff erstach,
der nebenan wohnte und mit Honigbienen sprach!

Haushaltshilfe WINTER und Doktor SOMMER mit HELFER

Doktor SOMMER hat ArztHELFERinnen aus
HELFERnetzwerken,
leider mit HELFERsyndrom, angeworben!
HELFERtätigkeiten verstärken
den übergroßen HELFERkomplex. Die
ArztHELFERinnen üben HELFERgriffe
mit dem Patienten, einem EntwicklungsHELFER,
basteln Papierschiffe
für Töchter der ApothekenHELFERin HELFERova und
verlangen
HELFERpläne, HELFERpartys und
HELFERpauschalen, bevor sie anfangen,
HELFERlieder über HELFERhunde und
HELFERameisen
zu komponieren. Aus diversen HELFERkreisen
wurden diese ArztHELFERinnen bereits ausgeschlossen!
SOMMERs Haushaltshilfe WINTER öffnet verdrossen
Mails, die ihr ein anonymer HELFERsHELFER zuspielt.
Und SOMMER den Hinauswurf der ArztHELFERinnen
empfiehlt!

Haushaltshilfe WINTER und Doktor SOMMER mit KOCH

Doktor SOMMERs Haushaltshilfe WINTER KOCHt
mit KOCHutensilien
vor KOCHbananen und StarKOCH KOCHel! Auf Sizilien
holt KOCHel persönlich unbehandelte Feigen
und lässt sich Plantagen zeigen.
WINTER schwärmt von KOCHel. Seine KOCHseminare
und KOCHkurse sind ausgebucht über Jahre!
KOCHel zahlt Höchstpreise – dadurch bekriegen sich derweil
Plantagenbesitzer in aufgeKOCHter Stimmung mit zum Teil
unlauteren Methoden. Ein Biobauer, den KOCHel fallen
ließ, injiziert heimlich Kokain in die prallen
Früchte. Alle sind an KOCHel adressiert.
Wer zu viel Kokain erwischt, krepiert!
KOCHel erklärt das AusKOCHen, KOCHzeiten und EinKOCHen.
Eigentlich ist die Lebenslust der KOCHkursteilnehmer ungebrochen.

Haushaltshilfe WINTER und Doktor SOMMER mit KOPIE

Doktor SOMMERs Haushaltshilfe WINTER
fotoKOPIErt RechnungsfotoKOPIEn gebührenpflichtig.
Vorm FotoKOPIErgerät im KOPIErladen verbringt sie
richtig
viel Zeit beim KOPIEren heute.
Ein Filmteam hat zwei Leute
als KOPIEn von SOMMER und WINTER hergerichtet!
Der »echte SOMMER« spielt KOPIErladeninhaber und
schichtet
KOPIErpapier hinterm Schild mit KOPIErkosten
übereinander. SOMMER bekam den Posten
zwischen den KOPIErmaschinen im KOPIErraum als
Jobalternative.
WINTER bekritzelt eifrig mit KOPIErstiften KOPIErte
Arztbriefe.
Die vom Filmteam wollten beide nur unterbringen.
Wird ihren KOPIEn aber die Patiententäuschung
gelingen?

Haushaltshilfe WINTER und Doktor SOMMER mit KÜNDIGUNG

Irgendjemand versendet in Doktor SOMMERs Namen
AnKÜNDIGUNGsschreiben.
Wegen irgendwelcher versäumten
KÜNDIGUNGsfristen und KÜNDIGUNGssperren
betreiben
SOMMER und Haushaltshilfe WINTER »die Praxis
okkasionell«,
steht darin. Die AnKÜNDIGUNG spricht sich schnell
herum! »Mister Irgendjemand« versetzt SOMMER in
Stress.
Er versendet SOMMERs WohnungsKÜNDIGUNG.
Von irgendeinem KÜNDIGUNGsschutzprozess
und KÜNDIGUNGstexten flattern Zettel in SOMMERs
Briefkasten.
Weil die AnKÜNDIGUNGen SOMMER und WINTER
belasten,
bekommen beide nach KÜNDIGUNGserinnerungen
KÜNDIGUNGstraumen!
SOMMER nuckelt am linken Daumen,
als Psychiater WINTERspeck beiden Zwangsjacken
anlegt
und zum Vorlesen von KÜNDIGUNGsbestätigungen
anregt!

Haushaltshilfe WINTER und Doktor SOMMER mit KUNST

Doktor SOMMERs Haushaltshilfe WINTER malt unter
KUNSTlicht
KUNSTvoll KUNSTgemälde ab und fertigt
KUNSTdrucke, nicht
mal schlecht, findet ein KUNSTsammler,
KUNSThistoriker, KUNSTverkäufer und ehemaliger
Gammler,
der in den SOMMERferien WINTERs KUNSTbilder
ausstellte
und damit prompt die gesamte KUNSTwelt erhellte!
SOMMER muss auf WINTER verzichten,
weil die KUNSTfälschungen in Nachtschichten
fertigt und vom KUNSTverkäufer verkaufen
lässt. SOMMERs Patienten unterdessen laufen
scharenweise davon, weil er KUNSTfehler macht wegen
Übermüdung. WINTERs KUNST bringt beiden einen
Geldsegen!

Haushaltshilfe WINTER und Doktor SOMMER mit PAPAGEI

Doktor SOMMERs Nachbar, ein PAPAGEIenzüchter,
stellt GrauPAPAGEIen
mitsamt PAPAGEIenkäfigen neben Haushaltshilfe
WINTER. Manchmal befreien
sich beide vom PAPAGEIengeschirr! Ein sprechender
PAPAGEI
zwickt WINTER vor PAPAGEIenblumen, und nach
PAPAGEIengeschrei
ums PAPAGEIenfutter erzählt er PAPAGEIenwitze,
womit er's auf die Spitze
treibt, während WINTER Termine koordiniert. Seine
PAPAGEIenstimme
klingt wie SOMMER höchstpersönlich, wenn er
schlimme
Diagnosen bespricht. Nach seinem »der Nächste, bitte!«
aus der großen PAPAGEIendusche trabt der dritte
Patient hinüber. WINTER steht vor SOMMER. Nackt.
Ein PAPAGEIenschnabel hat an ungünstigen Stellen
reingehackt.

Haushaltshilfe WINTER und Doktor SOMMER mit PERLE

Doktor SOMMER kauft auf PERLEninseln
PERLEnohrringe, PERLEnketten
und PERLEnanhänger in allerbester PERLEnqualität
vom supernetten
PERLEnzüchter, der sämtliche PERLEn in
PERLEntaschen packt
und dafür viel von SOMMERs SOMMERurlaubsgeld
einsackt!
Am Heimatflughafen PERLEn SOMMER dicke
SchweißPERLEn runter,
während Haushaltshilfe WINTER und Privatdetektiv
SchnepPERLEin munter
die PERLEntaschen suchen, die fehlen!
Manche PERLEnzüchter und PERLEnfischer stehlen
den gerade verkauften PERLEnschmuck sofort
zurück, sagt SchnepPERLEin, der dort
zufälligerweise PERLEntaucher kennt und da Hotels
betreibt!
Soll SchnepPERLEin nachschauen, wo SOMMERs
PERLEnschmuck bleibt,
gegen eine günstige Pauschale, direkt vor Ort?
SOMMER zahlt. SchnepPERLEin verschwindet, ohne
jegliches Wort.

Haushaltshilfe WINTER und Doktor SOMMER mit RABATT

Haushaltshilfe WINTER und Doktor SOMMER
gewähren satte
EinführungsRABATTe, MengenRABATTe,
BarzahlungsRABATTe, RABATTspannen,
StudentenRABATTe und VorauszahlungsRABATTe
auf Akupunktur, die SOMMER neuerdings an
RABATTtagen
selbst geben darf! Während der RABATTaktionen
klagen
Patienten mit RABATTgutscheinen,
RABATTstaffelungen, FrühzahlerRABATTen und
RABATTkarten,
dass sie von der Behandlung mehr erwarten
und dass SOMMER schlecht Akupunkturnadeln
setzt. Studenten mit StudentenRABATT tadeln
SOMMER im Internet in etlichen schlechten
Kommentaren. Für SOMMER stellt's einen echten
Freizeitgewinn dar. Weil alle die Nachmittagstermine
absagen,
können er und WINTER ihren Hobbys nachjagen!

Haushaltshilfe WINTER und Doktor SOMMER mit ROCK

Doktor SOMMERs Haushaltshilfe WINTER trägt einen
MiniROCK!
ROCKstar ROCKy SchROCKnagel fläzt mit null Bock,
tROCKenen Augen und tROCKener Kehle im
Wartebereich.
Mit ROCKbands und ROCKern muss er gleich
auf zwei ROCKkonzerten am SOMMERabend kräftig
abROCKen!
SOMMER erscheint im SchottenROCK. SchROCKnagel
hustet SchleimbROCKen.
Er bittet beide, im ROCK auf ROCKkonzerten
auf der Bühne mitzuROCKen! Bei WINTERs
unbeschwerten
Tanzbewegungen toben alle. Sämtliche ROCKer tragen
Röcke,
ROCKen im Hintergrund und haben null Böcke,
was SOMMER und das Publikum nicht stört,
solange WINTER weiterROCKt und ja nicht aufhört!

Haushaltshilfe WINTER und Doktor SOMMER mit ROTZ

Doktor SOMMERs Haushaltshilfe WINTER testet
tROTZig pROTZige
Geländewagen! SOMMER produziert ROTZ und
benutzt ROTZige
Taschentücher zum Putzen sämtlicher Scheiben,
wobei sich undurchsichtige ROTZschlieren verreiben.
Als vor WINTERs Kühlergrill ROTZlöffel vorbeisausen,
versprüht SOMMER ROTZ, als sie darüberbrausen!
WINTER stoppt, und SOMMER schaut –
es waren, auf Schienen aufgebaut,
nur ROTZlöffel-Attrappen aus Pappe, am Testgelände!
SOMMER gefällt der pROTZige Geländewagen, am
Ende
aber träumt WINTER von ROTZlöffeln und ROTZ.
SOMMER stiftet WINTER ein Elektrokleinstfahrzeug,
aus TROTZ!

Haushaltshilfe WINTER und Doktor SOMMER mit RUTSCHE

Doktor SOMMER hat KleinkinderRUTSCHEn in der
Kinderecke aufgebaut.
Patient PRUTSCHEr mit der RUTSCHEnden Brille
vertraut
Haushaltshilfe WINTER an, dass er als
RUTSCHEntester
beim RUTSCHEnlack vom RUTSCHEnturm bei seiner
Schwester
Mängel erkannte! PRUTSCHEr tritt fest
gegen das RUTSCHEngestell, das beim RUTSCHEntest
bricht! Sehr weit vorm RUTSCHEnauslauf landet
PRUTSCHEr
auf dem Steißbein. Kinder überreichen ihm einen
Lutscher
und RUTSCHEnkataloge, die am RUTSCHEnturm
lagen.
PRUTSCHEr will RUTSCHEnhersteller und SOMMER
verklagen.
WINTER beschwichtigt den herumRUTSCHEnden
PRUTSCHEr, der herumplärrt.
SOMMERs Kinderecke mitsamt den
KleinkinderRUTSCHEn wird gesperrt.

Haushaltshilfe WINTER und Doktor SOMMER mit SCHNITZEL

Doktor SOMMERs Haushaltshilfe WINTER organisiert
eine SCHNITZELjagd!
Anschließend gibt's SCHNITZELtorte beim
SCHNITZELwirt. WINTER wagt
Experimente. Vor dem Verspeisen von
SCHNITZELsuppe und SCHNITZELtorten
zeigt der SCHNITZELwirt,
auch HackSCHNITZELheizungshersteller, sämtliche
Sorten
HolzhackSCHNITZEL allen Teilnehmern. Als
SCHNITZELstücke mit SCHNITZELmarinade,
SCHNITZELgewürze, SCHNITZELbraten,
SCHNITZELsemmeln und andere
SCHNITZELvarianten gerade
zur Neige gehen, zerschneidet WINTER
SCHNITZELbrot
und wird prompt ein bisschen rot
im Gesicht, als sie erklärt, dass SCHNITZELersatz
aus Insektenmehlen und Seitan-SCHNITZEL den Platz
vom SCHNITZELfleisch einnahmen! Ein Inhaber von
SCHNITZELständen
erwürgt WINTER daraufhin beinahe mit bloßen Händen!

Haushaltshilfe WINTER und Doktor SOMMER mit SOJA

Doktor SOMMERs Nachbarbauer SOMMERach setzt auf Ziegen,
weil seine Kühe, die genmanipulierten SOJAschrot kriegen,
unter Durchfallerkrankungen leiden! Da SOJApaste, SOJAschnitzel, SOJAbohnenkerne
und SOJAdrinks in SOMMERachs Hofladen so gerne gekauft werden, macht er SOJAeis, SOJAcreme, SOJAragout
und SOJAsoße aus SOJAmehl selber. Wie gut,
dass bisher nur SOMMERs Haushaltshilfe WINTER weiß,
dass Bauer SOMMERach nicht nur ins SOJAeis
ein bisschen vom genmanipulierten SOJAschrot mit hineinmengt!
SOJAkäse, SOJAjoghurt und SOJAkuchen mit Biosiegel schenkt
SOMMERach WINTER sozusagen als Schweigegeld.
Eine Abmachung, die beiden gefällt!

Haushaltshilfe WINTER und Doktor SOMMER mit SPRITZEN

SOMMER repariert zähneknirschend SPRITZENde
Wasserhähne.
Leere ZylinderampullenSPRITZEN unter einer
Wasserfontäne
bringen SOMMER auf einen Streich!
Haushaltshilfe WINTER hilft ihm gleich
beim Befüllen von SPRITZENkolben mit einer bläulichen
Flüssigkeit. An einem eiskalten WINTERtag bei
abscheulichen
Wetterkapriolen drapiert WINTER diese SPRITZEN
am SPRITZENtablett
neben SPRITZENbehältern und ängstlich
dreinblickenden WINTERgästen nett
in der städtischen Sauna! Lange
SPRITZENnadeln lassen die WINTERgäste bange
flüchten. SOMMER und WINTER haben alles alleine.
Als Aufgussmeister SPRITZENdorfer sieht, wie
SPRITZENinhalt Saunasteine
erglühen lässt, ruft er unverzüglich die Feuerwehr.
Mit SOMMER und WINTER hat man's schwer!

Haushaltshilfe WINTER und Doktor SOMMER mit STICH

Ein verrückter Hotelgast hinter Doktor SOMMER STICHt,
weil SOMMER und Haushaltshilfe WINTER seine Sicht
aufs Kuchenbuffet behindern, vor STICHfesten
Joghurts, BienenSTICHtorten, STICHtagen und Kuchenresten
mit Kuchengabeln als STICHwaffen in SOMMERs Rücken!
Weil SOMMER da entzündete STICHe von Mücken
hat, vergisst er die STICHwaffen
von diesem gierigen, verrückten Affen.
Kurz vor seinem BilanzSTICHtag daheim
kann SOMMER sich keinen Reim
darauf machen, warum die geschwollenen
MückenSTICHe schmerzen.
WINTER kämpft mit WespenSTICHen, und beide scherzen
noch über ihre STICHe und entzündete STICHwunden.
SOMMER landet in der Notaufnahme vor gesunden
Ärzten. Die sagen SOMMER völlig ohne Skepsis:
Die GabelSTICHe sind die Auslöser seiner Sepsis!

Haushaltshilfe WINTER und Doktor SOMMER mit TRÄNEN

Doktor SOMMERs Haushaltshilfe WINTER hat eine
TRÄNENwegsstenose,
TRÄNENsäcke, TRÄNENtücher, eine
TRÄNENerstickte Stimme und große
Angst vor der endoskopischen TRÄNENwegsoperation!
SOMMERs Augenarztkollege
inspiziert am heißesten SOMMERtag gerade WINTERs
TRÄNENwege,
als eine TRÄNENgasgranate durchs Fenster fliegt,
die SOMMERs Augenarztkollege ins Gesicht kriegt!
Während SOMMER am Krankenbett
KrokodilsTRÄNEN vergießt
und dem Augenarztkollegen vom TRÄNENmeer
vorliest,
bemerkt WINTER, dass ihre TRÄNENwegsstenose
spontan heilt!
Was sie ihren 5000 Facebook-Freunden mitteilt.
Die TRÄNENsäcke massiert sie mit einem Massagegerät.
Sie postet TRÄNENbilder. Von früh bis spät.

Haushaltshilfe WINTER und Doktor SOMMER mit TROTZ

Doktor SOMMER und Haushaltshilfe WINTER
sTROTZen
vor Kraft, als sie SOMMERgewittern TROTZen
und mit Wanderführer und TROTZkopf TROTZki straff
losmarschieren, wobei TROTZki TROTZig die Worte
»taff«,
TROTZreaktion, TROTZhaltung, TROTZanfall,
TROTZalter und endlose TROTZphase
ewig erklärt, bevor er auf die Nase
fällt und sich den Fuß bricht!
Doktor SOMMER hält's für seine Pflicht,
die Bergwacht zu informieren. WINTER erzählt's
aufgeregt
Unfallchirurg TROTZbach, während TROTZki,
TROTZdem gut aufgelegt,
seinem Freund und Hubschrauberpiloten STROTZmann
Bescheid gibt!
Als drei Hubschrauber am Himmel kreisen, kippt
die Stimmung. NichtsdestoTROTZ landen alle und
hinterlassen
TROTZ alledem Rechnungen. TROTZki kann's nicht
fassen!

Haushaltshilfe WINTER und Doktor SOMMER mit WETTE

WETTErexperten bei »WETTEn, dass ...?« befürchten
WETTErkapriolen!
Haushaltshilfe WINTER und Doktor SOMMER holen
für ihre AußenWETTE, eine BaggerWETTE,
gerade den Bagger. Die nette
Co-Moderatorin plaudert von KinderWETTEn und
WETTEinsätzen,
während SOMMER bei WETTErleuchten neben
WETTErfesten AllWETTErplätzen
den Bagger zum Baggersee lenkt
und ihn versehentlich drin versenkt!
Ein WETTExperte spricht vom WETTErarchiv.
Eine WETTErexpertin lacht sich schief.
Co-Moderatorin, SOMMER und WINTER erklären
erheitert
die BaggerWETTE vor der WETTE als gescheitert!

Haushaltshilfe WINTER und Doktor SOMMER mit WOLF

Haushaltshilfe WINTER und Doktor SOMMER folgen WOLFsspuren!
Sind WOLFswelpen in der WOLFsschlucht?
WOLFsaugen luren
vor SOMMER aus dem Gebüsch!
WINTER fallen WOLFspfoten aus Plüsch
aus der Handtasche. SOMMER dokumentiert die WOLFssichtung.
Dass Jäger und WOLFsexperte WOLFsegger die Vernichtung
befürwortet, weiß SOMMER. Auch wegen den WOLFsunfällen.
Im WOLFsgebiet, hinter WOLFssicheren Weidezäunen und Wasserquellen,
sendet WINTER WOLFsbilder an WOLFsegger, der herbeieilt,
WOLFsgeheul und WOLFsverhalten nachahmt, die WOLFsaugen anpeilt
und losballert! Bloß – es ist eine WOLFsattrappe.
Der WOLF hinterm WOLFsgehege ist aus Pappe.

Haushaltshilfe WINTER und Doktor SOMMER mit ZEUG

Haushaltshilfe WINTER und Doktor SOMMER
erZEUGen Krach!
Mit WerkZEUGen holen sie ZEUG vom Autodach
und stellen's vor den Wertstoffhof.
»Wir finden Ihre Öffnungszeiten doof«,
kritzelt SOMMER auf ein Schild.
Eine ZEUGin filmt wie wild;
sie war schon öfter AugenZEUGin im ZEUGenstand
und beZEUGte ZEUGenaussagen, was sie aufregend fand!
WINTER verstreut PutzZEUG, FahrZEUGteile und den FahrZEUGschein
noch aus Versehen. SOMMER zerdeppert einen WINTERwein.
Überwachungskameras spielen ZEUGen und filmen SOMMERs Autokennzeichen.
Gemeinde und Polizei lassen keine Zeit verstreichen.

Haushaltshilfe WINTER und Doktor SOMMER ohne ANTRIEB

Bewegt sich Doktor SOMMERs Nachbarbauer
SOMMERach bloß
wegen seiner defekten FrontANTRIEBstraktoren mit
ANTRIEBsstörung ANTRIEBslos
durch die Landwirtschaftsausstellung?
ANTRIEBsfedern, ANTRIEBsflansche und
ANTRIEBSwellen,
die er wünscht, gibt's nicht zu bestellen,
angeblich! Sieben ANTRIEBshersteller zeigen
SOMMERach rote Karten.
Mit ANTRIEBsmangel will er sein Auto starten,
SOMMERs davorstehender Haushaltshilfe WINTER
ANTRIEBskraft vorspielen
und sieht einen ANTRIEBShersteller mit vielen
ANTRIEBsfedern winken, hinter WINTER! Ist's sein
Modell?
SOMMERachs ANTRIEBslosigkeit verfliegt, als der
ANTRIEBshersteller schnell
auf sein Auto zustürmt, auch ANTRIEBsflansche
schwenkend!
SOMMERach überfährt WINTER, nur an
ANTRIEBsflansche denkend.

Haushaltshilfe WINTER und Doktor SOMER ohne FLEIß

Doktor SOMMERs Haushaltshilfe WINTER befestigt
FLEIßig FLEIßbilder,
bunte FLEIßpunkte, FLEIßorden, ausgedruckte
FLEIßaufgaben und Preisschilder
im leeren Wartezimmer, die der psychisch kranke,
FLEIßige Patient FLEIßmeister, wobei er ständig
»Danke«
murmelt, ablöst und ins FLEIßheftchen klebt.
FLEIßmeister fühlt sich beFLEIßigt! Er lebt
in der Psychiatrie in der FLEIßnerstraße.
Wenn FLEIßmeister gerade eine gute Phase
hat, betreut ihn WINTER morgens gegen Bezahlung,
wobei FLEIßmeister jodelt und für musikalische Unter-
malung
sorgt. Gerade ist Doktor SOMMER völlig FLEIßlos.
FLEIßmeister kreischt ohrenbetäubend laut auf
WINTERs Schoß.

Haushaltshilfe WINTER und Doktor SOMMER ohne FUNKTION

Doktor SOMMERs Haushaltshilfe WINTERs
LungenFUNKTIONstest ist grottenschlecht!
Die NormalFUNKTION FUNKTIONiert fürs
FUNKTIONsergebnis noch recht
ordentlich, meinen Lungenspezialisten mit gut
FUNKTIONierendem Terminsystem.
HerzFUNKTION, LeberFUNKTION,
NierenFUNKTION und DarmFUNKTION wären
bequem
im Ärztehaus überprüfbar. Es hätten
für WINTERs FUNKTIONsprüfungen die netten
Spezialisten gewiss umgehend Termine frei!
Irgendein FußballFUNKTIONär hätte für drei
Spieler wegen FUNKTIONsgestörter Gelenke
zufälligerweise FUNKTIONsprüfungen abgesagt.
Eine Lungenkoryphäe, selbst von argen
LungenFUNKTIONsproblemen geplagt,
rät WINTER zu FUNKTIONschecks, unter heftigem
Schnaufen.
WINTER weiß, dass SOMMER neue
FUNKTIONsüberprüfungsgeräte kaufen
muss. Seine antiquarischen FUNKTIONsprüfungsgeräte
sind allesamt defekt,
weiß WINTER, die ihn ständig dafür neckt.

Haushaltshilfe WINTER und Doktor SOMMER ohne KARIES

Doktor SOMMER überprüft sein Gebiss
penibel. Er hat wahnsinnig Schiss
vor WurzelKARIES, ZahnhalsKARIES,
KARIESbehandlungen, OberflächenKARIES und
Zahnfleischschwund –
vor sämtlichen KARIESarten und KARIESstufen im
Mund,
eigentlich. Haushaltshilfe WINTER bestellt einen
KARIEStest
im Internet. SOMMER stellt KARIESaktivität fest!
Sieht er da nicht RandKARIES am Füllungsrand?
Er stochert mit Feinwerkzeug in der Hand
neben der Plombe herum, als das Mobiltelefon
am Waschbeckenrand vor ihm einen schrillen Ton
ausstößt! SOMMER rutscht ab. Die Plombe hängt
am Feinwerkzeug. Wegen vermutlich großem
KARIESrisiko drängt
SOMMER auf sofortige Zahnarzttermine! Von einer
initialen
SchmelzKARIES nach PräKARIES will WINTER
Ölgemälde malen.

Haushaltshilfe WINTER und Doktor SOMMER ohne PASS

Als Doktor SOMMERs Haushaltshilfe WINTER nicht aufPASSt
neben PASSbildautomaten im Flughafengebäude, wird sie fast
über den Haufen gerannt. Reiseticket und PASS
verschwinden! WINTER denkt, ihre Freundin macht SPASS,
als sie anruft und erklärt,
Nachbar SOMMERstedt hätte sich beschwert,
weil in WINTERs Wohnung laute Musik ertönt.
WINTER steht ohne PASS da und stöhnt,
auch weil ein PASSkontrolleur Stunden
später sagt, Betrügerbanden würden Reisekunden
aktuell so in großem Stil betrügen.
Er kontrolliert SOMMERs PASS, und mit Vergnügen
erzählt er, dass irgendjemand mit WINTERs PASS
zwei Maschinen eher heimflog. WINTER wird leichenblass.

Haushaltshilfe WINTER und Doktor SOMMER ohne PONY

Haushaltshilfe WINTER und Doktor SOMMER üben
PONYführen!
PONYzüchter liehen Nachbarbauer SOMMERach
PONYs mit Starallüren,
PONYtrensen, PONYnamen, PONYmanieren und
PONYsätteln von PONYwiesen
auf PONYalmen. Wobei die MiniPONYs es genießen,
PONYdecken nach dem gründlichen Putzen zu
verschmutzen
und am PONYzügel zu bocken, vor PONYkutschen
und auf der langsamen PONYwanderung beim
PONYreiten.
Bei den PONYspielen scheint alles zu entgleiten!
SOMMERach vergaß, PONYboxen zu verschließen,
und PONYhengste und PONYstuten schießen
über die PONYkoppel zum PONYpark.
SOMMERach findet die Showeinlage stark,
ist aber der Einzige mit dieser Meinung.
Die PONYzüchter treten ohne
PONYhaftpflichtversicherung in Erscheinung.
Während SOMMERach, WINTER und die
PONYzüchter streiten,
flüchten sämtliche PONYs ohne PONYreiter vom
PONYreiten!

Haushaltshilfe WINTER und Doktor SOMMER ohne SCHUH

Wenn Doktor SOMMERs Haushaltshilfe WINTER beim
»SCHUHlauf«
gegen unbeSCHUHte, ehrgeizige SCHUHverkäuferinnen
nach dem SCHUHkauf
beSCHUHt die Damenklasse gewinnt, kriegt
sie BarfußlaufSCHUHe! Eine SCHUHverkäuferin besiegt
WINTER locker mit unlauteren Methoden.
Am »SCHUHtrail« ist der Boden
voller Schlammpfützen. Die SCHUHverkäuferinnen
drängen
WINTER hindurch, die verblüfft Unmengen
an einzelnen WettkampfSCHUHen darin sieht! Die
kühnen
SCHUHverkäuferinnen stoßen WINTER zu
SCHUHsohlen und froschgrünen
SchneewanderSCHUHen ins Schlammloch, wo WINTER
einen LaufSCHUH
verliert. Der gesellt sich zu anderen hinzu.

Haushaltshilfe WINTER und Doktor SOMMER ohne SKI

Doktor SOMMER ersteht vorm SOMMERSKIlauf
mit Haushaltshilfe WINTER beim SKIkauf
RennSKIs, einen gebrauchten, antiquarischen SKIträger
und SKIstöcke.
Vom Holzhändler neben dem SKIgeschäft zurrt er
Holzpflöcke
zudem mit brüchigen Lederriemen vom SKIträger fest.
Auf der Autobahn drücken Sturmböen von West
nach Ost, und SOMMER stoppt am Seitenstreifen.
Der SKIträger fehlt, SOMMER kann's nicht begreifen!
Radiomoderatoren vom SKImagazin, die die
SKIgymnastik unterbrechen,
melden Gegenstände auf der Fahrbahn und sprechen
von einer Massenkarambolage, Sturm und einem
Megastau.
SOMMER will gar nicht wissen, wo genau …

Haushaltshilfe WINTER und Doktor SOMMER ohne TRICK

Haushaltshilfe WINTER und Doktor SOMMER lernen
SeilTRICKs
vom TRICKbetrüger STRICKelmann, der das
HerumTRICKsen fix
im Wartezimmer vorführt und bunte STRICKstücke
vervielfacht.
Nachbarbauer SOMMERach färbt KälbersTRICKe bunt
und macht
damit Geschäfte. STRICKelmann, man glaubt es kaum,
macht statt TRICKbetrug ZauberTRICKs in SOMMERs
Kopierraum
und gibt Kurzkurse für jedermann!
SOMMER und WINTER machen irgendwann
ein Buch über den ständig
TRICKsenden STRICKelmann. WINTER schreibt
lebendig.
SOMMER schafft Portraitbilder. Dann wird
STRICKelmann blass.
Er schafft's als Wettkandidat zu »Wetten, dass …?«

Haushaltshilfe WINTER und Doktor SOMMER ohne TÜR

Weil TÜRken versehentlich Doktor SOMMERs
EingangsTÜRe einhauen,
will ein TÜRtechniker vom TÜRhersteller danach
schauen,
sobald er kann. SOMMER hängt die TÜR
aus und lackiert gleich den TÜRrahmen, wofür
ihm die TÜRken TÜRfarben spenden.
WINTER muss SOMMERs Werk beenden.
Der TÜRtechniker bekommt die SicherheitsTÜR erst
morgen!
Die TÜRken können SOMMER einen TÜRsteher
besorgen,
der in der SOMMERnacht wacht. SOMMER findet
dies super! Nur, dass nachts alles verschwindet,
vom Inventar. Sogar die alten TÜRen fehlen.
Hinter allerneuesten SicherheitsTÜRen gibt's nichts zu
stehlen.
Wo sind die TÜRken, TÜRsteher – die vom
TÜReinbau?
SOMMER und WINTER blicken nicht sehr schlau.

Haushaltshilfe WINTER und Doktor SOMMER ohne UHR

Bei Haushaltshilfe WINTER und Doktor SOMMER verschwinden
antike WandUHRen! Beim Reparieren defekter UHRen finden
UHRmacher vom UHRengeschäft diese UHRen. Bauer SOMMERach
entdeckte sie angeblich im WINTER unterm Kuhstalldach.
WINTER will SOMMERach zur Rede stellen,
da hört SOMMER aus seriösen Quellen,
dass SOMMERach wegen Schulden vorm Hofverkauf steht!
SOMMER und WINTER helfen, wo's nur geht.
SOMMERach muss mitsamt Tierbestand und SOMMERkoppeln bleiben.
Sogar StandUHRen und ArmbandUHRen als Geburtstagsgeschenke treiben
die beiden auf, sehr zu SOMMERachs Freude.
SOMMER behandelt kostenlos SOMMERachs Kaninchen mit Ohrräude.

Haushaltshilfe WINTER und Doktor SOMMER ohne WORT

WORTlos skizziert Doktor SOMMER Witze ohne WORTe
für Patient und Lokalpolitiker WORTmann, dessen Geburtstagstorte
neben der WORTgewandten Haushaltshilfe WINTER steht!
Ein WORTkarger Kameramann vom Lokalfernsehen dreht
Geburtstagsvideos, wo WORTmann gleich WORTreich Parteiwerbung betreibt.
Mit hochgestochener WORTwahl und blumigen WORTen beschreibt
ein bekannter Journalist WORTmanns gesamten Werdegang.
SOMMERs Witze »ohne WORTe« finden Anklang
und werden abgedruckt, obwohl die keiner kapiert.
SOMMER und WINTER setzen die Praxis raffiniert
in Szene! WORTmann lobt SOMMER mit FantasieWORTEn,
ohne jeglichen WORTsinn. Dennoch lohnen sich Geburtstagstorten.

Haushaltshilfe WINTER und Doktor SOMMER ohne ZÜGEL

Doktor SOMMER ersteigert Araberstuten inklusive
FührZÜGEL, SchlaufZÜGEL,
ZÜGELringen, gebrauchten GummiZÜGELn und
Westernsättel ohne Steigbügel.
Haushaltshilfe WINTERs Stute ist kaum zu stoppen!
Sie trägt Westernsattel und GummiZÜGEL mit Noppen.
SOMMERs ZÜGELlahme Stute mag sich ungern
bewegen.
Zu ihr gehören zerrupfte BaumwollZÜGEL mit
Lederstegen.
SOMMER mietet Boxen bei Nachbarbauer
SOMMERach,
der ZÜGELhilfen erklärt und ZÜGELstücke, schwach
grinsend, verknotet. Die Pferde kehren
ungeZÜGELt mit ZÜGELfetzen und leeren
Sätteln vom Ausritt zurück. SOMMERachs Gewissen
ist rabenschwarz. Sämtliche ZÜGEL sind gerissen.

Haushaltshilfe WINTER und Doktor SOMMER PRIVAT

Und Haushaltshilfe WINTER und Doktor SOMMER
befahren
PRIVATstraßen am PRIVATgrund pingeliger
PRIVATeigentümer. Nach Jahren
verfranzte sich SOMMER im PRIVATwald. »PRIVATe
Selbstschussanlagen!«
steht am Schild vor SOMMERs PRIVATem Wagen,
dem der Strom aus SOMMERs PRIVATer Steckdose
ausgeht. Wegen herannahender SOMMERgewitter
bekommt WINTER große
Angst. Beide stolpern in Fallgruben unter Stolperdraht!
PRIVATdetektive erscheinen. Auch der Stolperdraht ist
PRIVAT!
Die Rottweiler der PRIVATeigentümer bellen,
während die PRIVATdetektive sich vorstellen,
SOMMERs PRIVATwagen beschlagnahmen und beide
dann hinausbegleiten.
Die Hunde knurren. SOMMER will nicht streiten.

Haushaltshilfe WINTER und Doktor SOMMER RAUNEN

Haushaltshilfe WINTER und Doktor SOMMER
RAUNEN kastanienbRAUNEN
Ponys Unverständliches zu. Die hellbRAUNEN Kühe
staunen,
als WINTER im dunkelbRAUNEN Morast
Äpfel mit rotbRAUNEN Stellen fast
versenkt, versehentlich. »Nicht füttern und fernbleiben!«
ließ Nachbarbauer SOMMERach unleserlich auf Schilder
schreiben.
Ob sich Kühe und Ponys etwas zuRAUNEN?
Die kastanienbRAUNEN klugen Ponys, eindeutig
»saumäßige Launen«
zur Schau stellend, rasen zum schwarzbRAUNEN
Koppeltor.
Sie versinken knietief im dunkelbRAUNEN Morast davor
und können sich unterm schwarzbRAUNEN Tor
durchschieben!
Während die hellbRAUNEN Kühe die Äpfel lieben,
bleiben die kastanienbRAUNEN, RAUNENden Ponys
nicht stehen.
SOMMER kann sie auf der Autobahn sehen!

Haushaltshilfe WINTER und Doktor SOMMER sind ABHÄNGIG

Doktor SOMMER, der neuerdings unABHÄNGIGe
Patientenberatungen macht,
hegt insgeheim bei sich selbst den Verdacht
auf eine ABHÄNGIGe Persönlichkeitsstörung.
Unüberwunden,
hat zumindest Haushaltshilfe WINTER gefunden,
sind SOMMERs DrogenABHÄNGIGkeit und
AlkoholABHÄNGIGkeit. Er sitzt
ja an der Quelle! SOMMERs DrogenABHÄNGIGkeit
spitzt
sich zu, als er leistungsABHÄNGIGe Abschreibungen
erledigt
und einem Patienten mit ABHÄNGIGkeitssyndrom
Enthaltsamkeit predigt.
SOMMER lallt über WitterungsABHÄNGIGkeit und
RegierungsABHÄNGIGkeit, assistiert
dabei Kollegen bei Operationen, und es passiert,
dass er eine Schere im Patienten vergisst.
SOMMER assistiert preisABHÄNGIG. Da geschieht
auch Mist.

Haushaltshilfe WINTER und Doktor SOMMER sind BÜRGER

Haushaltshilfe WINTER und Doktor SOMMER
gründen BÜRGERwehren!
Aufgebrachte BÜRGER, teils mit BÜRGERlichen
Namen, beschweren
sich im BÜRGERbüro wegen sämtlicher gescheiterten
BÜRGERbegehren,
weil sie den BÜRGERmeister-Anselm-Weg teeren,
aber den großen BÜRGERkummerkasten dort nicht
leeren,
und weil beide BÜRGERmeister Straßen seltenst kehren
lassen und das Zuteeren zu sehr verehren!
Weil sich die BÜRGERbeschwerden und
BÜRGERproteste vermehren,
raten AltBÜRGERmeister den amtierenden
BÜRGERmeistern, BÜRGERwehren, BÜRGERfeste
und BÜRGERversammlungen zu verbieten. SOMMER
lässt beste
BÜRGERliche Kontakte spielen und engagiert ehemalige
Olympiascharfschützen.
Sie sollen die BÜRGERwehren bei BÜRGERforderungen
unterstützen.

Haushaltshilfe WINTER und Doktor SOMMER sind DERB

Doktor SOMMERs Haushaltshilfe WINTER besichtigt
beim Elfmeterschießen
im LokalDERBy BilDERBücher, als von den Wiesen
hinterm Fußballstadion plötzlich der DERBystar
vom Traber-DERBy, ganz offenbar
schlecht gelaunt, scheinbar unabänDERBar Kurs aufs Fußballtor
aufnimmt und, DERB als SpielverDERBer auskeilend, davor
stoppt! SOMMER plärrt erregt DERBe Sprüche,
wobei DERBe Kost aus WINTERs Küche
seinen Mund verlässt und in hohem Bogen
andere Spielbeobachter trifft. »Wie DERB und ungezogen!«,
schimpft einer und startet DERB eine Massenkeilerei.
Der DERBystar grast vorm Fußballtor, ganz nebenbei.

Haushaltshilfe WINTER und Doktor SOMMER sind DÜNN

Doktor SOMMERs Haushaltshilfe WINTER ist DÜNN geworden!
Der DÜNNhäutige Patient DÜNNbier aus dem Norden
von DÜNNow überreicht ihr DÜNNflüssige Flüssignahrung
und DÜNNe Handschuhe. DÜNNbier hat Erfahrung
im Leben hinter DÜNNwandigen Gefängniszellen.
Polizisten wollen DÜNNbier erneut stellen,
weil er Menschen in seine Sekte lockt,
wenn er nicht hinter DÜNNwandigen Gefängniszellen hockt!
Konnte DÜNNbier WINTER für die Sekte gewinnen?
SOMMER findet, dass viele DÜNNe Personen spinnen.
Der DÜNNlippige SOMMER hat ständig DÜNNpfiff, sozusagen,
und muss sich mit Kriminalhauptkommissar DÜNNinger herumschlagen.

Haushaltshilfe WINTER und Doktor SOMMER sind DÜRR

Der spindelDÜRRe Doktor SOMMER trabt über
SOMMERgerste.
Im HochWINTER hat Bauer SOMMERach die erste
Ausfertigung der DÜRReversicherung versehentlich zum
Heizen verwendet!
Während SOMMERs Lauf vor DÜRRen Getreidehalmen
endet,
springt SOMMERachs ausrangierte Traberstute
»SOMMERtraum«
auf DÜRRen Beinen neben dem Apfelbaum
über die Hofmauer! Könnte »SOMMERtraum« im
Springen
SOMMERach beim großen SOMMERturnier etwas
Preisgeld einbringen?
SOMMERach trainiert »SOMMERtraum«, aber beim
SOMMERturnier bockt
»SOMMERtraum« dermaßen, dass allen der Atem
stockt!
SOMMERs Haushaltshilfe WINTER fängt
»SOMMERtraum« am Wassergraben.
Springtrainer DÜRRenmaat will die zaunDÜRRe
»SOMMERtraum« haben
und zahlt SOMMERach einen stolzen Preis!
Der leistet sich erstmals ein SOMMEReis.

Haushaltshilfe WINTER und Doktor SOMMER sind FEUCHT

Nach ihrem FEUCHTfröhlichen Richtfest im
FEUCHTen Kies
bemerkt Doktor SOMMERs Haushaltshilfe WINTER
den fies
aussehenden FEUCHTen Schimmelfleck,
durchFEUCHTete Wände, FEUCHTes Toilettenpapier
und ein FEUCHTbiotop unter Kisten mit Bier
im Keller! Bausachverständiger FEUCHTmann meint
zur FEUCHTe,
dass es jetzt schon einen Abriss bräuchte!
Baufirmen machen hohe LuftFEUCHTigkeit und
FEUCHTen Untergrund
dafür verantwortlich. Beides zusammen wäre höchst
ungesund.
FEUCHTmann kauft SOMMERs Häuschen für ein
Butterbrot,
überstreicht die FEUCHTen Stellen in zartem Rot
und verkauft's unwissenden dritten Personen.
Die's später auch nicht bewohnen.

Haushaltshilfe WINTER und Doktor SOMMER sind HUNDERT

Haushaltshilfe WINTER und Doktor SOMMER sind
HUNDERT
Monate im HUNDERTwasserhaus! SOMMER blickt
total verwundert,
als ein HUNDERTjähriger mit
HUNDERTwasser-Kunstdrucken erscheint,
sich als ihr Vermieter vorstellt und meint,
zum Auszug hat SOMMER HUNDERTvierzig Stunden.
Er hätte bereits HUNDERTe ungeduldige Kunden
für SOMMERs Praxisräume! WINTER blickt
verständnislos.
Der HUNDERTjährige Millionär macht sich groß
und deutet auf »besondere Vereinbarungen« im
Mietvertrag.
Ob SOMMER mal Blicke draufwerfen mag?
In Zeile HUNDERT unter »Zusatzvereinbarungen«
steht kleingedruckt:
»Befristetes Mietverhältnis für HUNDERT Monate.«
SOMMER schluckt.

Haushaltshilfe WINTER und Doktor SOMMER sind INNEN

Doktor SOMMER behandelt einen leicht spINNENden
FINNEN,
der, ständig in INNENräumen sitzend, nur GewINNEN
will bei Online-Glücksspielen. Wie von SINNEN
steckt er Haushaltshilfe WINTER mit dem
HerumspINNEN
an, die fortan drINNEN hockt
und neben SOMMER selber zockt.
Vom INNENarchitekten nach dem FINNEN vertauscht
WINTER versehentlich Betäubungsmittelrezepte, und
der bauscht
alles, auf sein Recht erpicht,
total auf. Sogar vor Gericht!
Während SOMMER und WINTER von
SOMMERurlaub träumen,
sitzen sie neben dem INNENarchitekten INNEN in
Gerichtsräumen.

Haushaltshilfe WINTER und Doktor SOMMER sind KREATIV

Bei Doktor SOMMER und Haushaltshilfe WINTER
wüten
am SOMMERsonntag KREATIVschaffende vom
KREATIVteam unter Aluhüten!
SOMMER macht KREATIVurlaub im
KREATIVquartier, während KREATIVtherapeuten,
KREATIVcoaches und KREATIVlose
KREATIVdirektoren mit unKREATIVen Kameraleuten
streiten und SOMMERs Behandlungszimmer verwüsten.
Im KREATIVquartier
gewinnt SOMMER KREATIVwettbewerbe. Zeitgleich
entdecken KREATIVdirektoren SOMMERbier
und SOMMERweine hinter WINTERs Empfangstheke.
Das KREATIVsein
und KREATIVtechniken vergessend, vernichten sie den
SOMMERwein
in Rekordzeit in ihrer KREATIVnacht. Am
Montagmorgen
muss eine andere Praxis SOMMERs Patienten
versorgen.
KREATIVdirektoren und KREATIVcoaches liegen da
wie Tote.
KREATIVe Entrümpler und Maler machen SOMMER
KREATIVangebote!

Haushaltshilfe WINTER und Doktor SOMMER sind LEDIG

Haushaltshilfe WINTER und Doktor SOMMER
kassieren ErLEDIGungsgebühren
für ErLEDIGungsvermerke auf ErLEDIGungsschreiben
und fürs Zusammenführen
von LEDIGen Patienten mit ErLEDIGungsblockaden!
»UnerLEDIGte und halberLEDIGte Dinge schaden«,
sagt WINTER, die den LEDIGen auf
ErLEDIGungslisten
LEDIGlich EinkaufserLEDIGungen mitgibt und
ErLEDIGungsfristen
setzt. SOMMER schreibt LEDIGe, Gott sei Dank,
fürs ErLEDIGen sämtlicher ResterLEDIGungen schön
lang krank.
Zwei LEDIGe mit ErLEDIGungsterminen verlieben sich
brav.
Bei der Hochzeit spielt SOMMER LEDIGlich Fotograf,
während WINTER für ErLEDIGungserklärungen noch
mal ErLEDIGungsgebühren einzieht.
Worüber zumindest die LEDIGe, verliebte Frau
hinwegsieht!

Haushaltshilfe WINTER und Doktor SOMMER sind LÄSTIG

Doktor SOMMERs Haushaltshilfe WINTER imitiert
LÄSTIGe Plagegeister,
die grässlich sirren. Der SOMMERlich gekleidete
Bademeister
am Nachbartisch im Speiselokal, bisher noch still,
empfindet's als BeLÄSTIGtwerden und
LärmbeLÄSTIGung und will
ganz spontan die Polizei einschalten!
WINTER soll ein BeLÄSTIGungsverbot erhalten.
SOMMER fingiert alberne BeLÄSTIGungsanrufe und
zählt LÄSTIGkeiten
auf, bevor er LÄSTIGerweise richtig ins Streiten
mit dem Bademeister kommt! Ein Handgemenge
entsteht,
bei dem es sich um BeLÄSTIGungsvorwürfe dreht.
WINTER erzählt Polizistinnen wirr von sirrenden
Mücken.
SOMMER attestiert WINTER geschickt
»SOMMERgrippe mit Gedächtnislücken«.

Haushaltshilfe WINTER und Doktor SOMMER sind MAGER

Doktor SOMMERs Nachbarbauer SOMMERach hält abgeMAGERte Reitkamele
auf MAGERgrünland. Ausgerechnet MAGERsüchtige erteilen denen Befehle!
Eine Klinik für MAGERsüchtige startete ein Projekt.
Ein zufällig auf MAGERbeton vorbeispazierendes MAGERmodel neckt
ein Kamel, will dem MAGERkost zustecken
und bemerkt MAGERmilchpulver, versteckt unter SOMMERdecken
des Reitkamels! Ein MAGERsüchtiger, an MAGERkeit kaum
zu überbieten, gibt MAGERprodukte unter einem Baum
auf MAGERrasen von sich, während Kamele daneben
dahinsiechen. Der MAGERsüchtige will ihnen MAGERquark geben,
erbricht aber erst noch MAGERfisch und AbMAGERungspillen.
Während SOMMERs Haushaltshilfe WINTER »um Himmels Willen«
murmelt, steckt der MAGERe SOMMER Kamelen Kraftfutter
zu und isst vor dem MAGERsüchtigen Butter
pur! Den Kamelen und SOMMER geht's besser.
Der MAGERsüchtige ergreift neben MAGERkäse
SOMMERs Buttermesser.

Haushaltshilfe WINTER und Doktor SOMMER sind OFFEN

Haushaltshilfe WINTER und Doktor SOMMER
registrieren betrOFFEN,
dass beim Nachbarbauer SOMMERach eine
OFFENstalltüre OFFEN
steht! Hinterm OFFENen Gelände windet
sich die Landstraße. Dort befindet
sich SOMMERachs Ziegenherde! Ein HOFFENheimer
Autofahrer stellt
sich mit OFFENstehendem Mund quer und hält
die Kamera drauf. Einem Fahrzeuglenker aus
OFFENbach
begrüßt eine neugierige Ziege durchs OFFENstehende
Schiebedach.
Während SOMMER und SOMMERach herbeidüsen,
vorbei an WINTERs OFFENen Füßen,
ist sie am HOFFEN, dass niemand recherchiert.
Das mit dem OFFENstehenden OFFENstalltor ist
passiert,
weil WINTER Sicherheitsriegel nicht vorlegte.
Woraufhin die Ziegenherde sich hinausbewegte.

Haushaltshilfe WINTER und Doktor SOMMER sind PLATT

Haushaltshilfe WINTER und Doktor SOMMER sind
PLATT!
Antiquarische PLATTenspieler und PLATTenschränke
mitsamt SchallPLATTen hat
WINTER gerade unabsichtlich ersteigert! Der
Auktionator spricht
auf PLATTdeutsch von PLATTenfirmen, was WINTER
nicht
versteht. SOMMER zerrt WINTER an
PLATTenregalen, DämmPLATTen,
PLATTendruckgeräten, ObstPLATTen,
WarmhaltePLATTen auf TischPLATTen und matten
Sicherheitskräften vorbei, wobei letztere sie wie Schatten
zwischen PLATTenbauten verfolgen, bis sie auf glatten
EisPLATTen vorm PLATTengeschäft zu Fall
kommen. SOMMER hört einen Knall,
zerrt WINTER aber weiter über PLATTgewalzte
Blätter
aufs PLATTe Land. WINTER liebkost ihren Retter!

Haushaltshilfe WINTER und Doktor SOMMER sind RUHIG

Doktor SOMMERs Haushaltshilfe WINTER kippt
beRUHIGende Substanzen
in SOMMERs BeRUHIGungstee. Wegen
VerkehrsbeRUHIGungsmaßnahmen im ganzen
Stadtgebiet ist's gespenstisch RUHIG. Alle verspäten
sich! SOMMER testet RUHIGstellungsschienen beim
Jäten
von Unkraut hinter VerkehrsbeRUHIGungselementen
zwischen verkehrsbeRUHIGten Bereichen
und sprüht BeRUHIGungsspray auf Katzen, die
umherstreichen.
Vor BeRUHIGungsduft und BeRUHIGungsbildern mit
BeRUHIGungssprüchen verteilt
WINTER beunRUHIGt BeRUHIGungstabletten an
Wartende. SOMMER weilt
mitsamt BeRUHIGungsschienen für Knie,
BeRUHIGungsdragees und BeRUHIGungssäften
für Kinder neben RUHIGgestellten Katzen und
Geschäften
und schläft tief und fest, RUHIG daliegend.
Das übersieht ein Paketbote, vor ihm abbiegend.

Haushaltshilfe WINTER und Doktor SOMMER sind RUND

Doktor SOMMERs Haushaltshilfe WINTER
umRUNDet den AbgRUND
einer Kiesgrube auf SOMMERs LaufRUNDe in RUND
15 Minuten, wandernd mit Wanderstecken.
Wollte Kniespezialist PfRUNDmann sie erschrecken,
weil er Laufen wegen Knieoperationen vor Jahren
RUNDheraus verbietet? Auch unRUNDe
Tretbewegungen beim Radfahren
soll WINTER vermeiden. Die RUNDen Turmwolken
verschwinden,
und pechschwarze Gewitterwolken nahen, von starken
Winden
angekündigt! Auf gekiestem UntergRUND wagt
WINTER Laufschritte
und überholt auf der LaufRUNDe zwei unfitte
Männer in WINTERlaufschuhen und
WINTERlaufhosen.
Ab da findet WINTER großen
Gefallen am Laufen! PfRUNDmann meidet sie jetzt.
Laufarzt GRUNDinger erklärt WINTERs Knie für un-
verletzt.

Haushaltshilfe WINTER und Doktor SOMMER sind SCHICK

Doktor SOMMERs geSCHICKte Haushaltshilfe
WINTER verSCHICKt SCHICKe
Briefkuverts mit Rechnungen. Patientin SCHICKedanz,
die dicke
Großumschläge mit ungeSCHICKt getarnten
Doppelabrechnungen erhält, SCHICKt
SOMMER Dankeskarten. SCHICKedanz hat SCHICK!
SCHICKsalsergeben blickt
die reiche kranke SCHICKedanz, wenn sie erscheint.
Mit der hat's SOMMERs SCHICKsal gutgemeint.
Sie ist sein SCHICKer Goldesel! Dann verführt
sie SOMMER. Hat er sie unSCHICKlich berührt?
SCHICKedanz behauptet das plötzlich, und es gelingt
ihr, dass sie SOMMER auf Zeitungstitelseiten bringt!
Neuerdings beschäftigt sie geSCHICKte
Rechnungsprüfer. SOMMER summt
SCHICK gekleidet die SCHICKsalsmelodie, bevor er
verstummt.

Haushaltshilfe WINTER und Doktor SOMMER sind SMART

Doktor SOMMER hat sein Elektroauto »SMARTie« getauft
und Haushaltshilfe WINTER SMARTwatches und SMARTphones gekauft.
Die SMARTe Steckdosenleiste hinterm SMARTen Kühlschrank versieht
ihren Dienst unregelmäßig. Der SMARTe Elektriker zieht
alle Register. Beim Losfahren im Lieferwagen rollt
der Elektriker über »SMARTies« Ladekabel. Der schmollt
erst, bevor er tatsächlich gewaltig explodiert!
Ein Sachbearbeiter von SMART Home stiert
auf WINTERs SMARTphone hinterm SMARTband
in WINTERs manikürter, linker Hand,
bevor er einen Herzinfarkt erleidet und kreidebleich
zusammensackt. SOMMER bestellt Notarzt und Feuerwehr zugleich.

Haushaltshilfe WINTER und Doktor SOMMER sind SOLO

Doktor SOMMERs Haushaltshilfe WINTER düst nach JeSOLO.
Bei SOLOauftritten von SOLOkünstlern an SOLOabenden froh,
aufgedreht, SOLO, ausgelassen und herrlich unbeschwert,
kümmert sie sich nach SOLOkonzerten vermehrt
um einen SOLOsänger mit herrlichstem SOLOgesang!
SOMMER, in SOLOthurn bei einem Kongressempfang,
kann WINTER nach SOLOvorträgen nicht erreichen.
WINTER gibt per Fax ein Zeichen,
angeblich sind ihre beiden Handys defekt!
Wo sie in JeSOLO wohl steckt?
SOMMER will einen Detektiv als SOLOtänzer hinschicken.
Nimmt er den SOLOunternehmer, den hässlichen, dicken?

Haushaltshilfe WINTER und Doktor SOMMER sind STEIF

Doktor SOMMERs Haushaltshilfe WINTER schlägt
Sahne STEIF.
SOMMERs Knie wurde verSTEIFt. Er ist reif
für die Insel! Die KnieverSTEIFung ist frisch.
WINTER massiert ihren STEIFen Nacken am Tisch,
klagt über morgenSTEIFe Handgelenke, und STEIFe
Sahne landet am Boden, wie Schmierseife
für WINTER wirkend und aussehend.
SOMMER muss dies dummerweise umgehend
testen. Er rutscht und fällt!
Will SOMMERs Operateur nochmals Geld
verdienen, weil er fürs SOMMERloch
Korrekturoperationen vorschlägt? SOMMER überlegt
noch.

Haushaltshilfe WINTER und Doktor SOMMER sind STUMM

Doktor SOMMERs Haushaltshilfe WINTER sammelt
STUMM ZigarettenSTUMMel
am Bahnsteig in ihrer STUMMelbox. Das Gebrummel
von Professor STUMMböck, der neben ihr STUMM
STUMMel sammelt und dessen eigener
ZigarrenSTUMMel dumm
aus dem herabhängenden Mundwinkel ragt,
ignoriert sie geflissentlich. SOMMER plagt
ein plötzlicher Hexenschuss beim Bücken.
Gewiss will er sich drücken
bei der Aktion »Ärzte gegen die STUMMelflut!«
STUMMböck pickt drei ZigarettenSTUMMel mit
plötzlicher Sammelwut
auf. Sein eigener ZigarrenSTUMMel landet im Altpapier,
wie eigentlich immer. Nur, dass diesmal hier
die Feuerwehr ausrückt, weil's brennt!
STUMMböck, WINTER und SOMMER erkennt
jeder Bürger auf Zeitungsbildern, die anderntags
rauskommen.
Der Feuerwehreinsatz wegen STUMMböck wurde
wieder rausgenommen.

Haushaltshilfe WINTER und Doktor SOMMER sind TÜCHTIG

Doktor SOMMER ist von ArbeitsTÜCHTIGkeit weit
entfernt,
verkauft geschäftsTÜCHTIG seeTÜCHTIGe
Kleinkreuzer, funktionsTÜCHTIGe Kinderstaubsauger,
lernt
LuftTÜCHTIGkeitsanweisungen für die
LuftTÜCHTIGkeitsprüfung und ist TÜCHTIG
am Sporteln, sodass er nur flüchtig
Patienten untersucht. Haushaltshilfe WINTER
verfeuerte
versehentlich TÜCHTIGkeitsanforderungen für
aerodynamisch gesteuerte
Ultraleichtflugzeuge, woraufhin SOMMER
SOMMERweine hinunterzischt
und fahrunTÜCHTIG im Straßenverkehr mitmischt!
Als er mit Verkehrspolizisten über den
TÜCHTIGkeitsmaßstab
diskutiert, schaufelt er sich sein eigenes Grab.
In einer Suchtklinik, mit anderen fahrunTÜCHTIGen
Süchtigen,
dürfen SOMMER und WINTER sich körperlich
erTÜCHTIGen!

Haushaltshilfe WINTER und Doktor SOMMER STÜTZEN

Doktor SOMMER bekommt Räder mit
unterSTÜTZENden Elektromotoren
ohne HinterradSTÜTZEN und UnterarmgehSTÜTZEN
von zerstreuten Professoren
im Haus geschenkt! Diese unterSTÜTZENden,
verwahrlosten Güter
stehen am STÜTZENlosen Balkon und waren
Ladenhüter.
Auf SOMMERs Radtour mit Haushaltshilfe WINTER
funktionieren
die Räder am SOMMERabend einwandfrei, nur verlieren
beide Handys und unterSTÜTZENdes Kartenmaterial
im Wald! Sie kreisen total
orientierungslos um STÜTZENzäune für Jungpflanzen.
Wasser sucht WINTER im ganzen
umfangreichen Proviant vergebens. Sie wollten ja
einkehren!
SOMMER will sich bei der Forstverwaltung beschweren,
aber noch sucht er an verschiedenen Stellen
nach Schutzhütten mit abSTÜTZENden Bauteilen und
Wasserquellen.

Haushaltshilfe WINTER und Doktor SOMMER TRAGEN

Haushaltshilfe WINTER und Doktor SOMMER
TRAGEN Rucksäcke
und abgeTRAGENe Schuhe unter der TRAGENden
Decke
des Bahnhof-Untergeschosses. Beide erTRAGEN
Baulärm, weil seit unzähligen Tagen
umgeleitet, erweitert, umgebaut und vertieft
wird! Zwischen TRAGENden Bauteilen mieft
es. SOMMER probt Grimassen und albernes
BeTRAGEN,
als Uniform TRAGENde Einsatzkräfte mit
KrankenTRAGEN herumjagen,
Erde zwischen TRAGENden Deckenelementen
hindurchquillt
und eine laute Alarmglocke losschrillt!
Mit kaum zu erTRAGENdem Lärm stürzen
Straßenbahnwagen
von oben vor Väter, die KinderTRAGEN
herumTRAGEN!

Haushaltshilfe WINTER und Doktor SOMMER über ABSTAND

Doktor SOMMER und Haushaltshilfe WINTER kaufen
ABSTANDsschrauben,
ABSTANDshalter für Fahrradträger und
ABSTANDsdübel und rauben
den Baumarktchefs den Verstand! Beide sprechen
von ABSTANDsmessungen wegen ABSTANDsgesetzen
und ABSTANDsflächen –
und ob jemand ABSTANDsregeln für Windräder kennt?
WINTER erklärt ABSTANDsauflagen,
ABSTANDsberechnungen und ABSTANDsformeln,
nennt
nach kurzer Erläuterung von ABSTANDsregelungen
kühn
Gründe, warum beim Baumarkt hinter ABSTANDsgrün
Windräder hinkommen und dass, selbstverständlich
unter Einhaltung
vom zeitlichen ABSTAND und ABSTANDsvorschriften,
die Autobahnverwaltung
bald mit dem Bau der Autobahn beginnt.
Baumarktleiter überlegen, ob SOMMER oder WINTER
spinnt?

Haushaltshilfe WINTER und Doktor SOMMER über ABWEHR

Doktor SOMMER fällt's nicht schwer,
ABWEHRspieler Adrian für die ImmunABWEHR
etwas zu verschreiben, was die ABWEHRkräfte stärkt.
Wegen vermindert arbeitenden ABWEHRorganen des Körpers vermerkt
SOMMER nach Diskussionen über ABWEHRtaktiken und ABWEHRreaktionen
auf Adrians Attest, dass der sich schonen
sollte. ABWEHRtalent Adrian kennt keine Grenzen
und beginnt, sämtliche ABWEHRtrainings zu schwänzen.
Nach ABWEHRfehlern hat er ABWEHRverletzungen am Handrücken,
schlechte ABWEHRreflexe, und SOMMER
diagnostiziert zudem Gedächtnislücken.
Adrian zeigt SOMMERs Haushaltshilfe WINTER ABWEHRraketen
am Smartphone, bevor er von Propheten
einer Sekte erzählt und spurlos verschwindet.
Was SOMMER sehr schlecht durchdacht findet.

Haushaltshilfe WINTER und Doktor SOMMER über AKUPUNKTUR

Den AKUPUNKTURkurs im AKUPUNKTURzentrum verschlief
Doktor SOMMER buchstäblich, und tief
gekränkt erfährt er von AKUPUNKTURistinnen mit AKUPUNKTURnadeln
auf AKUPUNKTURkissen zwischen
AKUPUNKTURfiguren, die ihn tadeln,
dass er kein Zertifikat erhält. SOMMERs AKUPUNKTURball
verliert Luft, und zeitgleich ertönt ein Knall
im AKUPUNKTURhaus, und Feuersirenen erklingen!
Unter AKUPUNKTURzubehör und anderen Dingen
zieht SOMMER geistesgegenwärtig
AKUPUNKTURbänder und Gymnastikbänder hervor,
sämtliche AKUPUNKTURarten, AKUPUNKTURzonen
und AKUPUNKTURpunkte am Ohr
vergessend, und wirft AKUPUNKTURkissen und AKUPUNKTURmatten hinaus.
Es brennt lichterloh im Treppenaufgang vom AKUPUNKTURhaus!
SOMMER, neben Haushaltshilfe WINTER schwer auf Trab,
lässt alle an Bändern vorm Fenster hinab
auf den Berg von AKUPUNKTURmatten und AKUPUNKTURkissen.
Von GanzkörperAKUPUNKTUR will er nichts mehr wissen.

Haushaltshilfe WINTER und Doktor SOMMER über ARSEN

Doktor SOMMERs ARSENspiegel im Blut
und im Urin ist ungut
erhöht! Hat SOMMER ARSENverseuchtes Trinkwasser
in Taiwan
eine ARSENvergiftung beschert und ihm nicht gutgetan?
SOMMER liest von ARSENhaltigem Mineralwasser.
Extrem ARSENbelastet
waren in Taiwan viele Lebensmittel! SOMMER fastet.
Er macht Nulldiät. Haushaltshilfe WINTER besichtigt
WaffenARSENale
im neugebauten Museum, während SOMMER der totale
Verzicht auf alles ganz plötzlich zusammenbrechen lässt.
WINTER hält ein MarineARSENal auf Bildern fest,
bevor sie intensiv an SOMMER denkt
und der Gedanke sie spontan heimlenkt!

Haushaltshilfe WINTER und Doktor SOMMER über ARZNEI

Ein ARZNEIhersteller, der anno dazumal
ARZNEItester vergiftete und einen ARZNEIskandal
wegen verunreinigter ARZNEIdrogen in ARZNEIpillen
auslöste, stellt
neuerdings schadstofffreie ARZNEItees her! Doktor
SOMMER erhält
gelochte ARZNEIlöffel zum Verteilen und einen
ARZNEIschrank
mit Werbung drauf fürs Wartezimmer, als Dank!
ARZNEImittelvertreter borgen SOMMER einen
Kastenwagen.
SOMMER und Haushaltshilfe WINTER jagen
mit Vollgas herum, weil »eilige ARZNEImittel«
draufsteht!
Die ARZNEIbox neben ARZNEItees vor WINTER geht
auf, und heraus schießen Lebensmittelmotten und
ARZNEIen!
Wonach Rettungssanitäter SOMMER, WINTER und
Lebensmittelmotten befreien.
ARZNEIen und Motten raubten SOMMER die Sicht.
Mehr verrät er – betäubt durch ARZNEImittel – nicht.

Haushaltshilfe WINTER und Doktor SOMMER über ATMUNG

Haushaltshilfe WINTER und Doktor SOMMER kriegen
SchnappATMUNG! Auf Nachbarbauer SOMMERachs
WINTERkoppel liegen
ATMUNGsaktive BeATMUNGsmasken,
BeATMUNGstücher, BeATMUNGsschläuche,
BeATMUNGsbeutel und BeATMUNGsflocken
für Balkonerde wild durcheinander herum!
ATMUNGstherapeuten hocken
neben ATMUNGstrainern und Pflegefachkräften mit
BeATMUNGsscheinen
vom BeATMUNGszentrum und etlichen Kisten
SOMMERweinen
dazwischen. Ein ATMUNGstherapeut erklärt ungefragt,
dass hier der BeATMUNGsworkshop tagt.
SOMMER und WINTER hören alle lallen.
Und sehen, wie sie über SOMMERweinflaschen fallen.
Als Bauer SOMMERach scheinbar wegen
ATMUNGsnöten kollabiert,
ist's SOMMER, der ein
Einmal-NotfallbeATMUNGstuch ausprobiert!

Haushaltshilfe WINTER und Doktor SOMMER über AUSBAU

In Doktor SOMMERs Wartezimmer geraten
AUSBAUtechniker und AUSBAUmanager wegen
AUSBAUdaten,
AUSBAUgenehmigungen, AUSBAUasphalt,
AUSBAUmaterial für Wohnmobile,
AUSBAUgebieten für Mobilfunk und AUSBAUziele
ganz allgemein in ihrer Wartezeit
verbal ganz furchtbar in Streit!
AUSBAUfacharbeiter begutachten die AUSBAUchung
von SOMMERs Ölkrügen
in Vitrinen, bevor sie die AUSBAUmanager rügen,
weil sie gar so laut kreischen.
Direkt vor SOMMERs Haushaltshilfe WINTER
zerfleischen
sich schließlich sämtliche Wartenden, die Termine haben.
WINTER verduftet. SOMMER telefoniert wegen dem
Kabelgraben
vorm Haus mit AUSBAUtechnikern, die
SchachtAUSBAUten überwachen,
während AUSBAUfacharbeiter einem AUSBAUmanager
den Garaus machen!

Haushaltshilfe WINTER und Doktor SOMMER über BIOLOGIE

Vor Doktor SOMMERs Augen kippt ein
BIOLOGIEmodellmacher
Formaldehyd über BIOLOGIEbücher,
BIOLOGIEmodelle und glimmende Silvesterkracher,
während die BIOLOGIEolympiade im Haus nebenan,
vom BIOLOGIEzentrum aus organisiert, gerade begann!
SOMMERs Haushaltshilfe WINTER liegt gefesselt
hinterm Empfangstresen.
Es war das Werk vom BIOLOGIEmodellmacher
gewesen!
Im Wartezimmer sitzt eine gefesselte
BIOLOGIElehrerin, geknebelt
mit Papierbögen eines BIOLOGIEtests und wirkt
benebelt.
Vorm BIOLOGIEzentrum erklingen Sirenengeheul und
Durchsagen –
einen Entflohenen aus der Nervenheilanstalt jagen
sie! Nach der Personenbeschreibung ist SOMMER
geschockt.
Ist's der BIOLOGIEmodellmacher, der vor ihm hockt?

Haushaltshilfe WINTER und Doktor SOMMER über BREITE

Doktor SOMMER findet, dass schleunigst sämtliche
StraßenBREITEn
wegen den FahrzeugBREITEn verBREITErt gehören!
Seinen zweiten
BREITEren Geländewagen fuhr Haushaltshilfe
WINTER zwischen verBREITErten
Radwegen, überBREITEn entgegenkommenden
Erntemaschinen und dem erweiterten
Golfplatz zu Schrott. SOMMER stört
das AusBREITEn von Seuchen, schwört
auf ein BREITEs Nahrungsangebot in verBREITEten
Supermarktketten
und unterschreibt Petitionen für BREITEre öffentliche
Toiletten.
SOMMERs und neuerdings auch WINTERs Bauch geht
in die BREITE, was keiner richtig versteht.
Die VerBREITErung der WegBREITE von Forstwegen
finden
beide supergut! Wofür etliche weitverBREITEte Fichten
verschwinden.

Haushaltshilfe WINTER und Doktor SOMMER über DANK

Doktor SOMMER führt DANKbar »Tage des DANKes«
mit DANKandachten ein! Er impfte ein krankes
Kind, das ausgerechnet DANKfried DANKhoff
heißt, mit dem falschen Impfstoff.
Weder Haushaltshilfe WINTER noch Mutter DANKhoff
wissen
davon. SOMMER macht sich GeDANKen, und verbissen
vertreibt er mit GeDANKenspielen GeDANKenketten.
Als DANKfried nach Jahren Tabletten
missbraucht, UnDANK und SelbstmordgeDANKen
äußert und verstirbt,
durchfährt SOMMER ein kurzes DANKgefühl. Er wirbt
für seine DANKandacht vorm ErnteDANKfest
und bittet WINTER zum Vorabtest!

Haushaltshilfe WINTER und Doktor SOMMER über DAUMEN

Doktor SOMMER witzelt über Haushaltshilfe
WINTERs DAUMENringe,
ihre seltsame DAUMENform, DAUMENfalten und
kuriose Dinge
im Museum! WINTER bestaunt Bilder vom
DAUMENringen,
DAUMENwrestling, DAUMENnägeln und
DAUMENtrommel und berührt DAUMENzwingen,
trotz der »Bitte nicht berühren«-Schilder.
SOMMER spielt spaßeshalber wie ein Wilder
an den mittelalterlichen DAUMENschrauben herum.
WINTER macht einen DAUMEN krumm,
zwischen, man mag's kaum glauben,
genau zwei von SOMMERs DAUMENschrauben!
SOMMERs DAUMEN gleiten auf Alarmknöpfe der
Feuerwehr!
WINTERs DAUMENkuppe fehlt. Ihr Blick ist leer.

Haushaltshilfe WINTER und Doktor SOMMER über DESINFEKTION

Doktor SOMMERs Patient WINTERbruch baut
DESINFEKTIONswannen, DESINFEKTIONsbecken
und DESINFEKTIONsanlagen.
DESINFEKTIONspläne, DESINFEKTIONslotionen
und DESINFEKTIONstücher stecken
in allen seinen Taschen. Haushaltshilfe WINTERs
Gummibaum
desinfiziert WINTERbruch interessehalber mit
DESINFEKTIONsalkohol, DESINFEKTIONsgel,
DESINFEKTIONsschaum
und DESINFEKTIONsreiniger, während er
DESINFEKTIONsprotokolle
über DESINFEKTIONsarbeiten ausfüllt und tolle
DESINFEKTIONsarmbänder anpreist. WINTERbruch
verkauft SOMMER eine Kiste
DESINFEKTIONsseife für
DESINFEKTIONsautomaten und will eine
DESINFEKTIONsmittelliste
aus seinem großen Lieferwagen holen.
Zwei falsche Polizisten aus Polen
überfallen WINTERbruch am hellichten SOMMERtag
vorm Lieferwagen!
WINTER hört Sirenengeheul, während Polen
WINTERbruch zusammenschlagen,
neben DESINFEKTIONstüchern in stinkendem
Straßendreck.
SOMMER übt InstrumentenDESINFEKTION mit
Operationsbesteck.

Haushaltshilfe WINTER und Doktor SOMMER über DOPING

DOPINGontrolleure stürmen auf der Suche nach
DOPINGverdächtigen
Doktor SOMMERs Praxis! Sie sprechen vom mächtigen
DOPINGskandal, DOPINGverdacht,
EigenblutDOPING, irgendwelchen DOPINGproben,
DOPINGärzten und DOPINGbehandlungen und
umtoben
SOMMERs Haushaltshilfe WINTER! Eine
DOPINGsünderin bekam angeblich
von SOMMER DOPINGmittel und belastet ihn
erheblich!
Erst ist SOMMER so schockiert,
dass er die DOPINGliste verliert,
die ihm DOPINGfahnder vom DOPINGlabor gaben.
Mehrere DOPINGbetrüger und andere DOPINGärzte
haben
SOMMER angeschwärzt! Plötzlich wird ein
DOPINGfahnder kleinlaut.
Sie haben beim falschen Doktor SOMMER
vorbeigeschaut!

Haushaltshilfe WINTER und Doktor SOMMER über DRESSUR

Doktor SOMMER liegt beim DRESSURturnier neben dem DRESSURviereck
dösend unter DRESSURdecken. DRESSURcoach und Turnierarzt Visbeck
hat SOMMER vorm DRESSURfestival gebeten,
ihn ganz kurz zu vertreten,
während er selbst die DRESSURfiguren
der DRESSURprüfung auf seinem sturen
DRESSURhaflinger meistert. Ein ausgebüxtes
DRESSURfohlen hopst unerwartet
über SOMMERs DRESSURdecken ins
DRESSURviereck! Visbeck startet
eine schwere DRESSURaufgabe, als Hunde mit DRESSURhalsbändern,
das DRESSURfohlen, SOMMER, Zuschauer in wallenden Gewändern
und mehrere DRESSURreiter den DRESSURplatz regelrecht stürmen!
Ein Filmschaffender filmt Visbecks DRESSURhaflinger beim Türmen.
SOMMERs Haushaltshilfe WINTER kann erste Hilfe leisten.
SOMMER und Visbeck benötigen davon am meisten!

Haushaltshilfe WINTER und Doktor SOMMER über EHRE

Doktor SOMMERs Haushaltshilfe WINTER gewann
Zirkus-EHREnkarten!
Hinter EHREnvollen EHREnmännern mit
goldglänzenden EHREnnadeln warten
sie unter EHREndekoration jedoch genau zu
Programmbeginn
vor den Toiletten, wo WINTER ihren Gewinn
verliert und, deshalb aufbegEHREnd, hinterm
Spülkkasten hervorkEHREn
darf. Zwei EHREnvorsitzende mit türkischen
EHREntiteln belEHREn
SOMMER, auf dessen EHREnplatz sitzend, übers
VermEHREn
von EHREndoktortiteln. Zwei EHREngäste mit
EHREnamtskarten beschweren
sich wegen dem unEHREnhaften Verhalten
der EHREnvorsitzenden, als die steinalten
Elefanten, die MengenlEHRE vorführen, aufbegEHREn
und unerwartet
die EHREnlonge stürmen! Bevor das Hauptprogramm
startet.

Haushaltshilfe WINTER und Doktor SOMMER über ELFEN

Doktor SOMMERs Nachbarbauer SOMMERach sucht
hELFENde Hände!
Die vom Kindergarten »ELFENspiegel« pachteten
wertloses Gelände
hinterm Stall. Sie möchten einen ELFENwald bauen!
Erzieherinnen von der ELFENbeinküste mit ELFENhaut
schauen
irritiert, als SOMMERachs ELFENhaft aussehende
Stallhilfe Rinder
auf die SOMMERweide treibt, welche die Kinder
in ihren ELFENkleidern mit ELFENharfen neugierig
anstarren.
Fünf freche Jungs, als ELFENkönige verkleidet,
verharren
verbotenerweise auf SOMMERachs baufälligem
Jägerstand –
ihrem ELFENbeinturm, der auf Weideland
steht. Zwei dreiste Rinder reiben sich fest
am Stützpfahl des Jägerstands, der diesen Härtetest
nicht besteht! SOMMERachs Haftpflichtversicherung
verweigert die Haftpflicht.
Die ELFENkönige kamen insgesamt übers zulässige
Gesamtgewicht!

Haushaltshilfe WINTER und Doktor SOMMER über ERGÄNZUNG

Haushaltshilfe WINTER und Doktor SOMMER
fabrizieren NahrungsERGÄNZUNGstabletten,
NahrungsERGÄNZUNGspulver und
NahrungsERGÄNZUNGskapseln mit Hilfe der netten
Tierärztin, die ERGÄNZUNGsfuttermittel gemeinsam
mit ERGÄNZUNGsbetreuern
verkauft, die beide auffallend oft verteuern.
SOMMER lernt das Selberbefüllen
von NahrungsERGÄNZUNGskapseln. Die leeren
Hüllen,
Vitamin C, billigste NahrungsERGÄNZUNGsstoffe und
ERGÄNZUNGslieferungen ordert
SOMMER im Internet, und die Tierärztin fordert
mit WINTER Pharmazentralnummern an – kinderleicht
ebenfalls übers Internet! SOMMER verstreicht,
ERGÄNZUNGsweise aus reiner Freude und Trotz
im ERGÄNZUNGsmittelpulver etwas von seinem Rotz.

Haushaltshilfe WINTER und Doktor SOMMER über FAHNDUNG

Zwei vom FAHNDUNGsdienst der Bundesbahn und FAHNDUNGseinheiten
der Polizei geraten wegen FAHNDUNGsmöglichkeiten ins Streiten
neben Doktor SOMMERs Röntgenraum. Ein Schreibtischfahnder zückt
das Handy, als ein FAHNDUNGsprüfer wie verrückt
einfach Röntgenflüssigkeit über die FAHNDUNGseinheiten gießt!
Wie von der Tarantel gestochen schießt
SOMMERs Haushaltshilfe WINTER ins Freie,
wo FAHNDUNGsteams Passanten eine Reihe
von FAHNDUNGsplakaten mit FAHNDUNGsfotos
neben polizeilichen FAHNDUNGsstreifen
zeigen! WINTER muss ganz automatisch danach greifen
– der FAHNDUNGsprüfer ist eindeutig der am FAHNDUNGsbild!
WINTERs Beine versagen. Ihr Herz klopft wild.

Haushaltshilfe WINTER und Doktor SOMMER über FORSCHUNG

Vor Jahren besuchte Doktor SOMMER
FORSCHUNGslabore, FORSCHUNGsreaktoren,
FORSCHUNGsministerien und FORSCHUNGsschiffe
mit FORSCHUNGsteams. Hinter Toren
einer damaligen FORSCHUNGsanstalt hantierten sie im
FORSCHUNGsjahr
mit fragwürdigen FORSCHUNGsmethoden und
FORSCHUNGsgegenständen. Ein paar
FORSCHUNGschemikalien von damals, erfährt
SOMMER jetzt,
wurden verboten und als hochtoxisch eingeschätzt!
Vom FORSCHUNGsteam bekamen
FORSCHUNGsreferenten und FORSCHUNGstaucher,
alle allerdings vorerkrankt und starke Raucher,
diverse Krebsarten. SOMMERs Haushaltshilfe WINTER
bemerkt Schwielen
an seinem Körper, die ihm ebenfalls auffielen.
SOMMER ist geschockt. So begann's bei
FORSCHUNGstauchern
vom ehemaligen FORSCHUNGsteam. Allerdings nur bei
Rauchern!

Haushaltshilfe WINTER und Doktor SOMMER über FROST

Doktor SOMMER und Haushaltshilfe WINTER hassen FROSTwechseltage,
FROSTperioden, FROSTnächte, FieberFROST und ihre missliche Lage
im stehenden Sessellift bei DauerFROST.
SOMMER kratzt FROSTablagerungen und Rost
von Eisenstangen und starrt auf eine FROSTerscheinung.
WINTER bekommt SchüttelFROST und will SOMMERs Meinung
zur vermeintlichen FROSTbeule am Zeh einholen,
wobei ihr dummerweise Skischuh samt Einlegesohlen
in Schneehaufen unterm Lift fallen!
SOMMERs und WINTERs Hilferufe verhallen
bei LuftFROST, BodenFROST und einsetzendem Eisregen.
Rehe versuchen, WINTERs Skistiefel zu bewegen!

Haushaltshilfe WINTER und Doktor SOMMER über FÜHRUNG

Doktor SOMMER betrachtet eine
FÜHRUNGsmannschaft beim Radrennen
im Fernsehen. SOMMER und Haushaltshilfe WINTER
kennen
die Nachbarn gegenüber, die in der FÜHRUNGsriege
eines Unternehmens sitzen. Die FÜHRUNGsmannschaft
feiert Siege,
und SOMMER schaut irritiert aus dem Fenster.
Sieht er eine EntFÜHRUNG oder schon Gespenster?
Wie im ENTFÜHRUNGsdrama laufen welche mit
Pistolen,
wohl um die ENTFÜHRUNGsopfer hinterm
ENTFÜHRUNGsfahrzeug rauszuholen!
SOMMER notiert eifrig das Autokennzeichen vom
ENTFÜHRUNGswagen.
Der ENTFÜHRUNGsfall kommt im Radio. Polizisten
jagen
umher! SOMMER weiß, dass eine
ENTFÜHRUNGsversicherung existiert.
Vorm gemeingefährlichen ENTFÜHRUNGsteam wird
gewarnt! SOMMER verliert
absichtlich den Zettel mit dem Autokennzeichen.
Die vom ENTFÜHRUNGsteam gehen über Leichen!

Haushaltshilfe WINTER und Doktor SOMMER über FÜLLE

Doktor SOMMERs Patient FÜLLEnbach schenkt SOMMER FÜLLErde,
SchreibFÜLLEr und WurstFÜLLEr und deutet auf Vollblutpferde
und EselFÜLLEn auf seiner FÜLLEnweide.
Die krafterfüllten VollblutFÜLLEn begeistern beide!
Aufgrund seiner enormen LeibesFÜLLE wohnt GetränkeabFÜLLEr FÜLLEnbach
mit der markanten StimmFÜLLE nur unterm Dach
seines Schlosses. FÜLLENbach gehören im gesamten Umland
alle AbFÜLLErfirmen. Die FarbenFÜLLE an seinem Gewand
ist gewöhnungsbedürftig. Er besitzt VollblutFÜLLEn und Wertpapiere
in Hülle und FÜLLE, und für Tiere
hat er immer ein großes Herz!
FÜLLENbachs tagesFÜLLEndes Programm beginnt mit Leibesschmerz,
Aktienchecks, HaarFÜLLE-Kapseln, dem BeFÜLLEn der Klimaanlage,
dem Einstellen von RegalaufFÜLLErn für mehrere SOMMERtage
und mit einer FÜLLE an Informationen.
SOMMER hinterlässt Schmerztabletten, empfiehlt das Schonen,
beobachtet seine Haushaltshilfe WINTER, die mit schlanken
EselFÜLLEn spielt und sucht nach krafterFÜLLEnden Gedanken!

Haushaltshilfe WINTER und Doktor SOMMER über GERÜCHE

Haushaltshilfe WINTER und Doktor SOMMER werden GERÜCHE
des SOMMERs im SOMMERurlaub versprochen! Die Hotelküche
sendet FettGERÜCHE, FischGERÜCHE,
AbfallGERÜCHE, AbwasserGERÜCHE und Dieselruß
durchs geöffnete Zimmerfenster. SOMMER erhält einen Küchengruß,
als er sich umgehend beschwert, und zieht
mit WINTER ins Nebengebäude, wo's renoviert aussieht
und riecht! ChemieGERÜCHE und GERÜCHE nach Lack
sind weder SOMMERs noch WINTERs Geschmack.
Nach dem nächsten Umzug leidet WINTER sehr
unter den BenzinGERÜCHEn der Jetskifahrer am Meer.
Beim Heimflug kriechen KerosinGERÜCHE aus der Klimaanlage.
Insgeheim streichen SOMMER und WINTER diese SOMMERurlaubstage.

Haushaltshilfe WINTER und Doktor SOMMER über GICHT

Doktor SOMMERs Patient GICHTl packen
nachts GICHTische Zahnschmerzen und
GICHTattacken!
GICHTl erzählt von GICHTgeschwüren und der
DarmGICHT
seiner Mutter, wobei er mit GICHTschmerzen spricht.
GICHTl zeigt SOMMERs Haushaltshilfe WINTER
GICHTfuß, GICHTknoten
und GICHTfinger und beschimpft
Krankenkassenangestellte als Idioten.
GICHTls GICHTischer Zahnschmerz von der
eingewurzelten GICHT
ist mordsheftig! GICHTl nimmt GICHTmedikamente,
kann nicht
arbeiten, wegen GICHTschmerzen am GICHTfinger und
Doppeltsehen
und wegen Aggressivität, was Krankenkassenangestellte
nicht verstehen.
SOMMER ist nur noch am Krankschreiben.
GICHTl probt GICHTanfälle und das Übertreiben!

Haushaltshilfe WINTER und Doktor SOMMER über GIFTE

SOMMERs neuer Nachbar neben dem SOMMERgarten
nutzt GIFTEssenzen und die harten
BienenGIFTE, SchneckenGIFTE und RattenGIFTE, die er Bauer
SOMMERach abkauft. Der Nachbar GIFTEt in hellgrauer
Schutzkleidung herum und führt Selbstgespräche vor GIFTEgerlingen,
GIFTEfeu, FraßGIFTEn, seinen GIFTEssenzen und anderen Dingen –
auch KrebsGIFTE, die ihn angeblich von innen
zerstören! Er ist wirklich nicht bei Sinnen,
weil er täglich drinnen stinkende Sprühlacke versprüht.
SOMMERs Haushaltshilfe WINTER fühlt sich verGIFTEt, bemüht
sich um elektrische Luftreiniger und dichtet
Türen und Fenster ab. Dann berichtet
SOMMERach von verGIFTEten Kühen. Der Nachbar muss
der WasserverGIFTEr sein! Jedenfalls stiftet er Verdruss.

Haushaltshilfe WINTER und Doktor SOMMER über HÖHE

Doktor SOMMER rast über AnHÖHEn am
HÖHEnwanderweg,
während Haushaltshilfe WINTER mit HÖHEnangst
vom Steg
direkt hinter der PassHÖHE gleitet!
SOMMER, der mit HÖHEnbergsteigern streitet,
die ihr Tempo nicht erHÖHEn,
weil HÖHEre Mächte und Windböen
von vorn dies unmöglich machen,
vergisst WINTER völlig im flachen
Gelände auf der HÖHErgelegenen AnHÖHE. WINTER
treibt
bei beachtlicher WasserHÖHE im Gebirgsbach.
SOMMER beschreibt
HÖHEnbergsteigern HÖHEnstürme, HÖHEnflüge und
einen HÖHErpreisigen HÖHEnmesser.
Rettet irgendjemand WINTER aus dem eisigen
Gewässer?
SOMMER sinniert über »schneller, HÖHEr und weiter«
und HÖHEngrade. Werden Menschen, die
HÖHErkommen, gescheiter?

Haushaltshilfe WINTER und Doktor SOMMER über INDUSTRIE

Doktor SOMMERs Patient ist INDUSTRIElackierer.
Mit INDUSTRIEller
Abwärme heizt er INDUSTRIEzelte, und mit heller
Freude repariert er im INDUSTRIEpark
INDUSTRIEfenster, INDUSTRIEanlagen,
INDUSTRIEdrucker und INDUSTRIEöfen in
INDUSTRIEabgasen. Allerdings plagen
ihn Atemnot und Gelenkprobleme in allen
INDUSTRIEhallen!
Als INDUSTRIEchemikalien aus INDUSTRIEregalen
unter INDUSTRIErohren fallen,
stolpert der INDUSTRIElackierer drunter über
INDUSTRIEpaletten
am INDUSTRIEparkett und wird von netten
INDUSTRIErobotern versehentlich mit
INDUSTRIEdampfreinigern abgesprüht.
Ein Chef des INDUSTRIEparks bemüht
sich, den toten INDUSTRIElackierer irgendwie zu
entsorgen.
SOMMER und Haushaltshilfe WINTER helfen am
SOMMERmorgen
gegen INDUSTRIEaktien und teure INDUSTRIEgüter
hinterm INDUSTRIEgebiet.
Kriegen zwei INDUSTRIEmechaniker mit, was dort
geschieht?

Haushaltshilfe WINTER und Doktor SOMMER über KÄMME

Haushaltshilfe WINTER und Doktor SOMER kaufen
LäuseKÄMME
neben StadtKÄMMErer KÄMMErich, der BartKÄMME,
Entfilzungsspray, Küchenschwämme,
Leichtkämmspray, KÄMMElgarn, HaarKÄMME zum
WegKÄMMEn der spärlich
wachsenden Haupthaare und etliche Desinfektionssprays
mit gefährlich
aussehenden Warnhinweisen kauft. KÄMMErich wohnt
im KÄMMErlein
unterm Dach von SOMMERs Mietshaus. Bei
Kerzenschein
putzt er stundenlang. KÄMME zum GlattKÄMMEn
nutzt
er alle nur einmal, während er putzt!
KÄMMErich liebt die Arbeit in der StadtKÄMMErei,
GebirgsKÄMME, eine LandKÄMMErin und sein
SchlafKÄMMErlein, wobei
er öfter mal das Löschen der Kerzen
vergisst. WINTER hasst KÄMMErich aus tiefstem
Herzen
deswegen, weil die schwarzen Rauchwolken furchtbar
stinken,
die vorm regelmäßigen Eintreffen der Feuerwehr
niedersinken!

Haushaltshilfe WINTER und Doktor SOMMER über KUBA

Doktor SOMMER gewinnt eine Flugreise nach KUBAs
Ostküste! Die Reiseagentur schickt KUBAner mit Tubas,
KUBAnischem Rum, KUBAnischen Zigarren und
KUBAnischen Süßspeisen
vor SOMMERs Haustür, bevor er mit dem Reisen
beginnt! Genau, als SOMMER KUBAnische Pesos
bestellt
und KUBAkrokodile Touristen und KUBAnerinnen
verspeisen, fällt
ein Flugzeug einer KUBAnischen Fluggesellschaft wegen
Triebwerkschaden
ins Meer. SOMMER kauft sich KUBAnische
Schokoladen.
Seine Haushaltshilfe WINTER kann Schauergeschichten
über Vulkane auf KUBA berichten,
und kurzentschlossen will er seinen Gewinn weitergeben.
SOMMERs Haushaltshilfe WINTER wird anstatt seiner
abheben!

Haushaltshilfe WINTER und Doktor SOMMER über LIPPEN

Doktor SOMMER übt KLIPPENangeln auf glitschigen FelskLIPPEN
neben KLIPPENspringerinnen mit LIPPENpiercings, die schier ausfLIPPEN,
weil SOMMERs Haushaltshilfe WINTER am KLIPPENrand ungeniert
mit LIPPENstiften, LIPPENlacken, LIPPENzucken und LIPPENpeelings experimentiert
und dabei fröhlich KLIPPENläufern in der KLIPPENbucht
unten zuwinkt! SOMMER unterhält sich über Fischzucht,
die defekte LIPPENdichtung seiner Badewanne und StimmLIPPEN
mit KLIPPENfischern, als KLIPPENstücke unter KLIPPENspringerinnen wegkippen –
einfach so! WINTER beobachtet schockiert,
wie SOMMER den Halt verliert,
weil er KLIPPENspringerinnen mit LIPPENspalten
zurückreißt! WINTER besichtigt ihre LIPPENfalten
auf FelskLIPPEN zwischen KLIPPENasseln in paradiesischer Stille.
Ist nicht alles, was geschieht, Gottes Wille?

Haushaltshilfe WINTER und Doktor SOMMER über MANGEL

Die »MANGELstube MANGELstorff« bescheinigt Doktor SOMMER »MANGELhaft«
im Internet. Ein Patient mit MANGELdurchblutung blafft
SOMMER mit MANGELdenken an. SOMMER fehlen MANGELwaren.
Der Patient bemängelt, dass Haushaltshilfe WINTER Gefahren,
wie BewegungsMANGEL, gar nicht anspricht und erklärt!
Eine Patientin mit MANGELanämie verstirbt. SOMMER erfährt
vom FutterMANGEL im Tierpark und spendet Futter.
WINTER wirbt für MANGELberufe und
»MANGELbergers Rohmilchbutter«,
und weil sie's so glänzend tut,
finden's auch MANGELstorffers von der MANGELstube gut
und lassen die MANGELhafte Bewertung verschwinden.
Schlagartig verbessert sich SOMMERs und WINTERs Befinden!

Haushaltshilfe WINTER und Doktor SOMMER über MITTEL

Doktor SOMMER bricht nach MITTELstreckenläufen,
unMITTELbar hinter
der Ziellinie, ganz unverMITTELt zusammen!
Haushaltshilfe WINTER
weiß, dass er von MITTELständischen
Pharmaunternehmen DopingMITTEL,
HaarwuchsMITTEL, SchmerzMITTEL,
TransportMITTEL, Reisen nach MITTELamerika,
Arztkittel,
MITTELkräftige Kaffeebohnen und MigräneMITTEL
kriegt,
auch wenn er jetzt daliegt!
SOMMER diagnostiziert Brüche von MITTELfingern
und MITTELfuß,
überMITTELt dies seiner Krankenkasse mit
elektronischem Gruß,
steckt die MITTELgroße WINTER, die sich
MITTELmäßig
fühlt, ins TransportMITTEL und braust, ganz käsig
im Gesicht, schnell los in Richtung MITTELmeer!
SOMMER geht's MITTELprächtig. Seine Schmerzen
sind MITTELschwer.

Haushaltshilfe WINTER und Doktor SOMER über NORM

Haushaltshilfe WINTER und Doktor SOMMER
gewinnen SOMMERnächte
im Hotel »AbNORM«! Hotelbesitzer SOMMERloch
vermisst NORMgerechte
Stromlaufpläne, eigentlich schon seit Wochen. Dass
NORMtüren
in NORMhöhe fehlen, bekommt SOMMER zu spüren.
NORMale Mitarbeiter, aber eNORMe Wichtigtuer vom
NORMungsinstitut,
beanstanden NORMlosigkeiten, bevor sie eNORM viel
Blut
verlieren, wegen der absolut nicht NORMgerechten
Anbringung der Duscharmaturen. Wie im schlechten
Film verarzten SOMMER und WINTER die NORMalen
Mitarbeiter, die wegen fehlender NORMwerte nichts
bezahlen,
SprachNORMen vorübergehend vergessen und auf
RechtsNORMen verweisen.
Weder SOMMER noch WINTER wollen irgendwohin
verreisen!

Haushaltshilfe WINTER und Doktor SOMMER über PRIESTER

PRIESTERin Dione lallt im Wartezimmer über
PRIESTERfrauen
und PRIESTERliebe zu ihrem PRIESTERbrand im
Morgengrauen.
PRIESTERamtskandidaten, AushilfsPRIESTER, ein
PRIESTERmönch und PRIESTERanwärter begleiten
Dione, der im PRIESTERleben Alkoholprobleme
Schwierigkeiten bereiten!
Der PRIESTERmönch murmelt monoton ein
PRIESTERliches Gebet
und nimmt Dione, die eine Alkoholwolke umweht,
ihr PRIESTERfeuer, während er ihr
PRIESTERseminare nahelegt.
Diones zierliche Hand unter der PRIESTERmütze
bewegt
sich plötzlich schnell zum PRIESTERhalstuch. Sie zurrt
es um den Hals des PRIESTERmönchs, knurrt
etwas von PRIESTERmorden, PRIESTERkindern und
verbotenen PRIESTERehen
im PRIESTERwesen und ist völlig am Durchdrehen!
Wird sie den PRIESTERmönch strangulieren, zwischen
PRIESTERpalmen?
Doktor SOMMERs Haushaltshilfe WINTER murmelt
biblische Psalmen.

Haushaltshilfe WINTER und Doktor SOMMER über QUALITÄT

Haushaltshilfe WINTER und Doktor SOMMER starten
QUALITÄTsoffensiven!
WINTER findet die QUALITÄT ihrer gelblichen,
windschiefen
polnischen Zahnprothese inklusive FarbQUALITÄT und
MaterialQUALITÄT mangelhaft.
Der QUALITÄTsbewusste SOMMER kauft für seinen
»Gesundheitssaft«
vom QUALITÄTsmanagement ein QUALITÄTssiegel.
Die aufgedruckten QUALITÄTsversprechen,
QUALITÄTsplaketten, QUALITÄTsbewertungen und
QUALITÄTszertifikate werden vom frechen
SOMMER direkt vorm QUALITÄTskontrolleur selber
draufgepappt,
der daraufhin irritiert nach Luft schnappt!
SOMMER beschafft QUALITÄTsgeprüfte Geräte für
pulsierende Signaltherapie
und bietet dem QUALITÄTskontrolleur die fürs Knie
selbstverständlich kostenfrei, neben anderen kleinen,
materiellen Anreizen.
Nebenan beklagt Bauer SOMMERach
QUALITÄTseinbußen beim Weizen.

Haushaltshilfe WINTER und Doktor SOMMER über QUARANTÄNE

Doktor SOMMER steht vorm QUARANTÄNEbecken
für Garnelen.
»QUARANTÄNEvorschriften,
QUARANTÄNEanordnungen und die allgemeine
QUARANTÄNEpflicht stehlen
nur Zeit«, meint WINTERle vom Fischereiverband.
Haushaltshilfe WINTER fragt, ob jedes Land
andere QUARANTÄNEbestimmungen und
QUARANTÄNEprozesse hat. WINTERle legt
los beim Erklären von QUARANTÄNEkrankheiten und
regt
sich über die NacheinfuhrQUARANTÄNE und
QUARANTÄNEstationen
dermaßen auf, weil letztere mittels Drohnen
neuerdings überwacht werden, dass er plötzlich
zusammenbricht!
Am QUARANTÄNEbecken säubert WINTER
WINTERles blutüberströmtes Gesicht.
SOMMER bringt WINTERle ins Krankenhaus zum
Durchchecken,
und weil er sich Krankenhauskeime einfängt, stecken
sie ihn in einen QUARANTÄNEraum.
Für WINTERle beginnt ein Albtraum!

Haushaltshilfe WINTER und Doktor SOMMER über RÄDER

Haushaltshilfe WINTER und Doktor SOMMER lieben
MotorRÄDER, WindRÄDER und RÄDER mit
Elektroantrieben!
Bürgermeister GRÄDERbeck will Aktien verlosen,
und zwar von dem großen
Windparkbetreiber. GRÄDERbeck lässt hinter
WindRÄDER RiesenRÄDER stellen
und hilft geRÄDERt selbst beim Bäume fällen
im Windpark mitten im Wald,
während die Sonne richtig herunterknallt.
Beim großen »RÄDERevent« gibt's HochRÄDER zum
Testen!
SOMMER zeigt WINTER, wie man's am besten
nicht macht. AeoroRÄDER von RennRÄDERn liegen
dummerweise
im Weg auf SOMMERs Teststrecke. Seine Reise
endet darauf. Die Besitzer der LeichtbauRÄDER
verlangen
Schadenersatz. Muss SOMMER um sein Urlaubsgeld
bangen?
SOMMER versucht, statt Geld WindRÄDER-Aktien
anzubieten
und FahrRÄDER mit Elektroantrieb vorerst zu mieten.

Haushaltshilfe WINTER und Doktor SOMMER über REFLEX

Doktor SOMMER gibt Schnupperseminare in SelbstREFLEXion!
Haushaltshilfe WINTER will's beim REFLEXionstest schon
genau wissen und prüft SchluckREFLEX, LidREFLEX, WürgeREFLEX
und HustenREFLEX , wonach sie REFLEXivpronomen in sechs
Minuten erklärt. SOMMERs REFLEXweste leuchtet und KniescheibenREFLEXe
REFLEXhaft testend ruft er, wie eine Hexe,
»Abrakadabra«, bevor er mit dem REFLEXhammer dummerweise
das Knie einer Lokalpolitikerin schädigt. Sämtliche Wahlkreise
werden informiert, und SOMMERs Wartezimmer bleibt leer!
WINTER gibt für SpiegelREFLEXkameras und FußREFLEXzonenmassagen sehr
gern Geld aus. SOMMER, in Feuerwehr-REFLEXstreifen
und REFLEXjacken verliebt, kann die Chance ergreifen
und hilft eifrig bei der freiwilligen Feuerwehr.
Wegen unkontrollierter REFLEXreaktionen behindert er alle schwer!

Haushaltshilfe WINTER und Doktor SOMMER über RÜSTUNG

RÜSTUNGshersteller WINTERlicht steht mit
RÜSTUNGsberichten in RitterausRÜSTUNG
vor TauchausRÜSTUNGen und KampfausRÜSTUNGen
auf seiner BalkonbRÜSTUNG.
Zwischen RÜSTUNGsgegnern ruft Doktor SOMMER
laut: »Spring!
RÜSTUNGsunternehmen, RÜSTUNGslieferungen und
RÜSTUNGstechnik sind ein Unding!«
SOMMERs Haushaltshilfe WINTER brüllt in
ReitausRÜSTUNG: »Hopp!«
und rennt unter der BalkonbRÜSTUNG im
Schweinsgalopp
umher. Sie stolpert über AusRÜSTUNGsgegenstände
von RÜSTUNGsexperten,
die mit gespielter EntRÜSTUNG über die verkehrten
RÜSTUNGszahlen und RÜSTUNGsverbote diskutieren.
Der depressive WINTERlicht
versteht auf der BalkonbRÜSTUNG die Welt nicht
mehr, springt und denkt dabei an RÜSTUNGsgüter!
WINTERlicht und RÜSTUNGsthemen generell
erhitzen sämtliche Gemüter.

Haushaltshilfe WINTER und Doktor SOMMER über SCHÖNHEIT

SCHÖNHEITstage bei Doktor SOMMER!
SCHÖNHEITschirurgen von SCHÖNHEITsfarmen
vergeben im Wartezimmer SCHÖNHEITsdrinks,
SCHÖNHEITspflaster, einen warmen
Händedruck und SCHÖNHEITspillen gegen Gebühr!
SOMMERs SCHÖNHEITsliebende Patienten bekommen
dafür
Gewinnlose für SCHÖNHEITstees, SCHÖNHEITstipps,
SCHÖNHEITsurlaube und Nieten.
SOMMERs Haushaltshilfe WINTER und
SCHÖNHEITsliebende Patienten überbieten
sich beim Kauf von diesen bunten Losen,
wobei sonderbarerweise Dorf SCHÖNHEITen und
SCHÖNHEITsberater die großen
Preise allesamt absahnen! Alle anderen gehen
leer aus, wonach sie den Spieß umdrehen
und eine große Prügelei in Gang setzen.
Die Gesichter der SCHÖNHEITschirurgen zieren
danach Hautfetzen!

Haushaltshilfe WINTER und Doktor SOMMER über SCHWERE

Mit bleiSCHWEREn Beinen klettert Doktor SOMMER SCHWEREgrade
im Klettergarten, mit mittelSCHWEREn Verletzungen an Wade
und bedeutungsSCHWEREn Fingern, die er im SCHWEREn
Fels niemals klettern würde. MillionenSCHWERE Unternehmer belehren
ihn mit bedeutungsSCHWEREn Worten auf der Kletterroute!
In gewitterSCHWEREr Luft herrscht erSCHWEREnd eine ungute
Stimmung, und SOMMER murmelt schwermütig »SchockSCHWEREnot!«
und fühlt sich vom Gewitter bedroht.
Ein mordsSCHWEREr Unternehmer blockiert SOMMER bewusst,
während SOMMERs Haushaltshilfe WINTER keine Lust
mehr hat, SOMMER in der SCHWEREn Wand
zu sichern. Der Unternehmer verliert den Verstand
und den Halt! Wird er SOMMER mitreißen?
WINTERs folgenSCHWERE Entscheidung kann er nicht gutheißen.

Haushaltshilfe WINTER und Doktor SOMMER über SEELSORGE

Doktor SOMMER behandelt einen
NotfallSEELSORGEr mit SEELSORGEkonzept
vom SEELSORGEnetzwerk, der ständig mehrere
SEELSORGEtelefone mitschleppt.
Wegen SEELSORGErischer Aufgaben und
SEELSORGErischen Pflichten
kann der nur schlecht Arzttermine einrichten.
Der NotfallSEELSORGEr steht vor SOMMER, in
Unterhose,
als die SEELSORGEhelferin anruft, weil die große
SEELSORGEschulung und die SEELSORGEkonferenz
um neue SEELSORGElehren
ohne ihn losgehen! JugendSEELSORGErinnen vom
SEELSORGEverband beschweren
sich bereits, wo er steckt,
im SEELSORGEbezirk? Haushaltshilfe WINTER neckt
ihn, als er halbnackt mit SEELSORGEtelefonen
vorbeizischt,
dabei SEELSORGEgespräche führt und den Verkehr
aufmischt!
Im SEELSORGEbezirk, zwischen
SEELSORGEzentrum, SEELSORGEhaus und
SEELSORGEamt,
kracht's gewaltig. Der NotfallSEELSORGEr wurde
gerammt. Verdammt!

Haushaltshilfe WINTER und Doktor SOMMER über SEX

Doktor SOMMERs Wartezimmer war proppenvoll.
SEXauer, Inhaber eines SEXkinos, soll
SEXgewürze, SEXhoroskope und SEX-Drogen
verteilt und sich danach ausgezogen
haben! SEXauer sprach wirr von SEXsucht, SEXentzug
und SEXkaufverbot und machte SEXgeräusche. Der
Spuk
dauerte nur wenige Minuten! SEXauer hüpfte
auf einem Bein, empfahl SEXkomödien und schlüpfte
in seine Klamotten, neben Haushaltshilfe WINTERs
SEXtant
am Fensterbrett. Dann zitierte SEXauer Immanuel Kant.
Eine SEXuell aktive SEXualtherapeutin empfiehlt
SEXauer SEXpuppen,
SEXroboter, SEXspielzeug und Gruppensitzungen in
ihren Therapiegruppen!

Haushaltshilfe WINTER und Doktor SOMMER über SITTE

Doktor SOMMER liest vom SITTEnstrolch,
der SITTEngemälde klaut, was solch
einen Verfall der SITTEn für ihn darstellt,
dass er neue SITTEngesetze für nötig hält.
SOMMER und Haushaltshilfe WINTER ziehen wohlgeSITTEt
mit SITTEnregeln durch Fußgängerzonen. WINTER bittet
einen BabySITTEr, das Kind SITTEnstreng zu erziehen
und verschenkt SITTEnromane und SITTEnzeugnisse. Passanten fliehen
vor den beiden und rufen die SITTEnpolizei.
SOMMER, der selbsternannte SITTEnrichter, startet eine Schlägerei
zwischen SITTEnpredigern, SITTEnlehrern und SITTEnwächtern mit Polizistin
SITTEnbach! WINTER weist Polizisten auf SITTEnkomödien hin.

Haushaltshilfe WINTER und Doktor SOMMER über STRAFE

Radiomoderator STRAFElla spricht mit Ministern
von STRAFEnder Gerechtigkeit und
VorSTRAFEnregistern.
Am heutigen »Tag der STRAFEn«
will STRAFElla mal die braven
Minister loben, sagt er so dahin.
Machen STRAFErlässe, GeldSTRAFEn und
RestSTRAFEnaussetzung Sinn?
Fragt STRAFElla Mitarbeiter von der
STRAFErmittlungsbehörde gespannt.
Doktor SOMMER und Haushaltshilfe WINTER finden's
allerhand,
als STRAFElla am heutigen ersten April schmunzelt,
die Sendung wäre ein »Fake«. SOMMER runzelt
die Stirn, als STRAFElla Hilfeschreie sendet
und damit der erste April endet.
Anderntags steht in der Zeitung zu lesen,
der Raubüberfall auf STRAFElla wäre echt gewesen!

Haushaltshilfe WINTER und Doktor SOMMER über TARIF

Doktor SOMMER empfiehlt TARIFbeschäftigten
SparTARIFe im TARIFsystem.
TARIFschalter, TARIFtabellen und TARIFschaltuhren
stapelt SOMMER bequem
neben sich auf dem Zugsitz.
Haushaltshilfe WINTER hatte den Geistesblitz,
weil Fahrkartenkontrolleure durchs Zugabteil streifen.
SOMMER lädt sie zum Zugreifen
ein; er will TARIFschaltuhren und TARIFtipps
verschenken!
WINTER schwenkt TARIFtabellen und rät zum
Überdenken
des TARIFdschungels. Sie traktiert TARIFkarten mit
Nagelscheren.
SOMMER zückt seinen Arztausweis, spricht von
schweren
psychischen Störungen in WINTERs Fall und schiebt
sie, TARIFschalter und TARIFschaltuhren, die er liebt,
und sich durch die Zugtür. Beide fuhren
schwarz. An den TARIFschaltuhren sind leichte
Gebrauchsspuren!

Haushaltshilfe Winter und Doktor SOMMER über TÖNE

Haushaltshilfe WINTER und Doktor SOMMER ver-
nehmen SirenenTÖNE!
JaulTÖNE, QuietschTÖNE, KreischTÖNE,
SummTÖNE, HupTÖNE und schöne
GitarrenTÖNE werden im Flughafengebäude laut
von SirenenTÖNEn übertönt. SOMMER schaut
irritiert, weil eine erTÖNEnde Stimme dazwischenfunkt:
»Bitte versammeln sie sich am nächstgelegenen
Sammelpunkt!«
Die SirenenTÖNE verebben, und StimmTÖNE von
Flugpassagieren
vermischen sich, die ungläubig auf Anzeigentafeln
stieren.
Die Flugzeiten wurden nicht verschoben,
Flugzeuge sind ohne Passagiere abgehoben!
Die SirenenTÖNE waren ein Probealarm zur
Haupturlaubszeit.
Angeblich gaben erTÖNEnde Stimmen mitsamt
ZwischenTÖNEn Bescheid,
zuvor! WINTER und SOMMER kaufen TÖNErne
Gegenstände.
Sie waren nur zum Bummel am Flughafengelände!

Haushaltshilfe WINTER und Doktor SOMMER über TORF

In Doktor SOMMERs Wartezimmer schwenken
ehemalige TORFstecher
neben Haushaltshilfe WINTERs Pflanzkübel aus
TORFbeton Becher
mit TORFigem Whisky und einigen zerstoßenen
TORFbeeren.
Der wartenden TrakTORFahrerin und dem
MoTORFahrzeugführer erklären
sie die TORFwirtschaft, TORFschichten, den
TORFstich,
also den ganzen TORFabbau an sich,
haargenau! Der MoTORFahrzeugführer hat
ostfriesischen TORFtrunk, TORFquelltöpfe
und TORFsäcke gekauft, worüber TORFstecher die
Köpfe
schütteln und vergnügt und beschwipst einen TORFsack
mit Whisky überschütten und den TORFigen Geschmack
erläutern. Zufälligerweise liegen WINTERs
TORFspaten auf TORFvlies.
Damit vermöbelt die TrakTORFahrerin TORFstecher –
ziemlich fies!

Haushaltshilfe WINTER und Doktor SOMMER über TROLLE

Doktor SOMMER erzählt Haushaltshilfe WINTER von TROLLEn,
BiskuiTROLLEn und PolizeikonTROLLEn in Norwegen im tollen
neuen Flughafengebäude auf der Rolltreppe ganz oben.
Vor SOMMERs TROLLEygriffen am XXL-RucksackTROLLEy toben
Burschen mitsamt TROLLEygestellen für Schulranzen! Einer stößt,
eine DrahTROLLE enTROLLEnd, gegen SOMMERs TROLLEygestänge, entblößt
eine riesige Zahnlücke und verliert die KonTROLLE
über sein TROLLEygestell, wobei er seine DrahTROLLE
fest gegen SOMMERs hervorragenden TROLLEygriffe presst.
Der BereichsconTROLLEur unterhalb von WINTER lässt
seine TROLLEytasche auf TROLLEyrollen sausen und fällt
mitsamt seinem KabinenTROLLEy, den er krampfhaft festhält,
zwischen TROLLEys Chaos verursachend, bis ans Rolltreppenende.
Bei der LuftverkehrskonTROLLE leuchten
Kontrollleuchten am Flughafengelände!

Haushaltshilfe WINTER und Doktor SOMMER über UMFANG

Doktor SOMMER und Haushaltshilfe WINTER
minimieren UMFANGreiche
Beratungsgespräche und den LeistungsUMFANG
allgemein. – Eine Leiche
mit enormen BauchUMFANG, ArmUMFANG und
BeinUMFANG lässt
beide erstarren! SOMMER legt einen
TrainingsUMFANG fest
für sich und WINTER mit UMFANGreichen
UMFANGssteigerungen
beim Laufen. Fast wäre die Umsetzung gelungen,
als UMFANGreiche Bauarbeiten in der WINTERstraße
starten,
wo SOMMERs Laufstrecke beginnt. WINTER will
warten,
weil nach UMFANGmessungen am Bein
bei der Lymphdrainage noch kein
Ergebnis vorliegt. SOMMER bemerkt an den Waden
eine UMFANGsvermehrung. Könnte UMFANGreiche
Bewegung hier schaden?

Haushaltshilfe WINTER und Doktor SOMMER über UMWELT

Haushaltshilfe WINTER und Doktor SOMMER
begehen UMWELTsünden!
Mit UMWELTschützern bewerben sie
UMWELTfreundliche Produkte, gründen
mit Nachbarbauer SOMMERach eine UMWELTpartei
und UMWELTverbände
und stochern mit UMWELTmedizinern auf
SOMMERachs Gelände
ein bisschen gründlicher herum. Zwei UMWELTmobile
strandeten
auf SOMMERachs Acker und UMWELTtoxische Stoffe
versandeten
da vor Jahren. Nun verpachtet SOMMERach
Blühstreifen.
UMWELTmediziner, SOMMER und WINTER
empfehlen gegen steifen
Rücken das Umgraben von Äckern und vermieten
UMWELTschonende Hilfsmittel. UMWELTgutachter
können geschönte UMWELTprüfungen anbieten.
SOMMER sieht UMWELTschützer Kühlschränke
hinterm Rastplatz entsorgen.
Er stellt seinen dazu. Am nächsten Morgen!

Haushaltshilfe WINTER und Doktor SOMMER über VÖLKER

Doktor SOMMERs Haushaltshilfe WINTER spielt
VÖLKERball, Hetzball
und VÖLKERballvarianten gegen VÖLKERkundler
VÖLKERshausen, dessen Herzultraschall
grottenschlecht war. SOMMER erklärt
VÖLKERrechtsexpertin VÖLKERsen
VÖLKERballvariationen.
Berufsimker VÖLKERich, dessen BienenVÖLKER am
Spielfeldrand wohnen,
besichtigt das VÖLKERschlachtdenkmal beim
VÖLKERkundemuseum in Spielpausen
und bekämpft danach AmeisenVÖLKER gemeinsam mit
VÖLKERshausen,
der an VÖLKERvernichtung, ausgestorbene VÖLKER,
VÖLKERverluste, VÖLKERhass
und VÖLKERmorde denkt, während sein Herz krass
sticht! Die schwangere VÖLKERsen ist für
VÖLKERvermehrung
und VÖLKERversöhnung; VÖLKERshausen will zu
einer VÖLKERbelehrung
ansetzen, als sein Herz beim VÖLKERballspiel versagt,
welches ihn am WeltbeVÖLKERungstag nicht mehr
plagt.

Haushaltshilfe WINTER und Doktor SOMMER über WÄHRUNG

BeWÄHRUNGshelfer Benjamin bringt Doktor
SOMMER stets routiniert
auf Themen um BeWÄHRUNGshilfe und
BeWÄHRUNGsstrafen, verliert
sich aber auch stets über WÄHRUNGsgesetze,
WÄHRUNGskrisen,
WÄHRUNGsfonds, WÄHRUNGsanlagekonten,
WÄHRUNGshüter für WÄHRUNGsstabilität,
irgendwelche miesen
WÄHRUNGsverluste, WÄHRUNGsreformen,
WÄHRUNGsdaten, die WÄHRUNGspolitik
und WÄHRUNGszinsen. Mit welchem Trick
auch immer SOMMER und Haushaltshilfe WINTER
probieren,
den BeWÄHRUNGshelfer übers Thema »Gesundheit«
zu informieren –
alles schlägt fehl! Benjamin hat bösartige Geschwüre.
Bei SOMMERs Hausbesuch öffnet Benjamin die
Wohnungstüre
nicht. SOMMER hat extra ein WÄHRUNGsquiz
mitgebracht!
Unwillkürlich keimt in ihm ein schlimmer Verdacht.

Haushaltshilfe WINTER und Doktor SOMMER über WÄSSER

Doktor SOMMER und der
GeWÄSSERschutzbeauftragte WÄSSERle bemerken
AbWÄSSER,
die irgendjemand hinter einer Klinik in Fässer
leitet! WÄSSERle klärt SOMMER über
GeWÄSSERverschmutzung, GeWÄSSERpacht,
FischgeWÄSSERrichtlinien und GeWÄSSERdaten auf,
erklärt, welche Macht
GeWÄSSERschutzbeauftragte haben, und sagt, dass er
hoffe,
dass in den Fässern keine geWÄSSERgefährdenden
Stoffe
sind. Beide stolpern über EntWÄSSERungsrinnen
und suchen ziemlich lang innen
im Klinikgebäude nach den Klinikleitern.
»Sie würden die AbWÄSSERanlagen erweitern«,
verspricht ein kompetenter Klinikmanager lang und breit.
SOMMER und WÄSSERle verspricht er auf Lebenszeit
beste MineralWÄSSER! Beide vergessen die Fässer
sofort.
Erfährt auch SOMMERs Haushaltshilfe WINTER kein
Wort?

Haushaltshilfe WINTER und Doktor SOMMER über WAHRHEIT

Doktor SOMMERs Haushaltshilfe WINTER liest über
HalbWAHRHEITen
und BinsenWAHRHEITen einen Artikel eines
WAHRHEITsliebenden, gescheiten
WAHRHEITsforschers! Drunter steht ein Bericht
vom Beamten, der's mit WAHRHEITspflicht,
WAHRHEITsprüfungen, WAHRHEITserklärungen und
dem WAHRHEITsgelübde nicht genau
nahm. Mit zwei Staatsbürgerschaften heiratete der schlau
und WAHRHEITsgemäß zwei Frauen zeitgleich,
beide hübsch, klug und reich!
WINTER überfliegt das WAHRHEITsorakel der Liebe
und die bevorzugten WAHRHEITszitate zweier
Taschendiebe.
Ausgerechnet ein WAHRHEITsverdreher schreibt über
den WAHRHEITskern.
WINTER liest das allwöchentlich erscheinende
Revolverblatt gern!

Haushaltshilfe WINTER und Doktor SOMMER über WASSERSTOFF

Doktor SOMMER hört über WASSERSTOFFantrieb,
WASSERSTOFFatome und WASSERSTOFFflugzeuge
vom lieb
grinsenden WASSERSTOFFhersteller enorm viel. Im
WASSERSTOFFbus erklärt
der WASSERSTOFFhersteller
WASSERSTOFFbrennzellen und WASSERSTOFFgas.
Dann fährt
der WASSERSTOFFbus im hintersten Eck vor
WASSERSTOFFerzeugungsanlagen
plötzlich nicht mehr! Hinterm weitläufigen Gelände
ragen
hohe Fichten in den Himmel.
Holzrücker Alois lenkt seinen Schimmel
zufälligerweise am streikenden
WASSERSTOFFfahrzeug vorbei
und schlingt Ketten und zwei
Lederleinen sehr geübt um Fahrzeugachsen am
Fahrgestell.
Haushaltshilfe WINTER und der
WASSERSTOFFhersteller machen schnell
etliche Erinnerungsbilder vom Schimmel vorm
WASSERSTOFFbus!
Der Zeitungskauf anderntags ist ein Muss.

Haushaltshilfe WINTER und Doktor SOMMER über WERTE

Weil die ausgeWERTEten OzonWERTE
GrenzWERTE
überschreiten und Doktor SOMMER unbeschWERTE
SOMMERurlaubstage verbringen mag, bestellt er
preisWERTE Pizzen
und bleibt mit lesensWERTEn WERTEkonfliktanalysen
zu Hause sitzen.
SOMMERs Haushaltshilfe WINTER lauscht
hörensWERTEn, überbeWERTEten
WERTEdiskussionen
und will sich wegen hohen BlutfettWERTEn schonen.
SOMMER würde gerne bemerkensWERTe,
geldWERTE Vorteile erschleichen.
WINTER übt als Online-BeWERTErin das Vergleichen
von Produkten und liest über den WERTEwandel,
bedauernsWERTE WERTEentwicklungen,
AbgasWERTE und den unbeschWERTEn
Internethandel,
als sich massive KampfschWERTEr wie von Geisterhand
überhalb von SOMMERs Kopf von der Wand
lösen und den ehrenWERTEn SOMMER halb
erschlagen!
WINTER möchte liebensWERTE BeWERTEr um Rat
fragen.

Haushaltshilfe WINTER und Doktor SOMMER über WIRKUNG

Doktor SOMMERs Haushaltshilfe WINTER erforscht
den WIRKUNGseintritt
von Schmerzmitteln mit NebenWIRKUNGen, fühlt sich
unfit
und belauscht SOMMER und Bauer
SOMMERach, die WIRKUNGSeintritt und
WIRKUNGsdauer
von Kokain austesten und über WerbeWIRKUNGen,
WIRKUNGsvolle
Unkrautvernichter, WIRKUNGsketten,
WIRKUNGsanalysen, WIRKUNGsweisen von
Medikamenten, tolle
WIRKUNGsorientierte Jugendhilfe,
WIRKUNGsfunktionen und unterschiedliche
WIRKUNGshorizonte diskutieren und plötzlich
niedliche
rosa Kaninchen erblicken! Auch WINTER sieht Hasen,
ergreift zerstreut SOMMERachs WIRKUNGsvollen
Unkrautvernichter für Rasen
und prostet SOMMER, SOMMERach und den rosa
Kreaturen zu! Dann diskutieren alle über Prosa.
WINTER trinkt Unkrautvernichter mit offensichtlichem
Vergnügen
und referiert über Analysen von WIRKUNGsgefügen.

Haushaltshilfe WINTER und Doktor SOMMER über WIRTSCHAFT

Haushaltshilfe WINTER und Doktor SOMMER
erkennen WIRTSCHAFTsweise,
die in der heruntergeWIRTSCHAFTeten,
unWIRTSCHAFTlichen DorfWIRTSCHAFT leise
miteinander tuscheln. Ein WIRTSCHAFTsweiser mit
LandWIRTSCHAFTsbetrieb schwärmt
vom WIRTSCHAFTsessen, dass ihm die
WIRTSCHAFTsbesitzerin aufwärmt,
weil er herumfuchtelt, statt isst. Vom
WIRTSCHAFTsrat
beschwert sich einer über Schnecken im Salat
am WIRTSCHAFTsstammtisch! WIRTSCHAFTsweise
und die WIRTSCHAFTsbesitzerin hasten
zum WIRTSCHAFTsstammtisch, wo drei Schnecken den
Brotkasten
erklimmen. SOMMER und WINTER erschnuppern
verbranntes WIRTSCHAFTsessen.
Das haben die von der WIRTSCHAFTsküche vergessen,
weil sie die Schnecken ablichten!
Was sie später Versicherungsmitarbeitern berichten.

Haushaltshilfe WINTER und Doktor SOMMER über WÜRDE

Doktor SOMMERs Haushaltshilfe WINTER findet,
dass MenschenWÜRDE die Menschheit verbindet
und dass Gentechniker im Großen und Ganzen
WÜRDElos sind und die WÜRDE von Pflanzen
missachten. Selbst mit WÜRDEnträgern streitet
WINTER herum, und SOMMER begleitet
ihre Aktion »WÜRDEvolle Pflege« in der WÜRDEnwiese
mit HochWÜRDEn höchstpersönlich! Dann fotografiert der fiese
Bildreporter WÜRDEmann der Heimatzeitung die Aktion
und berichtet mit WÜRDElosigkeit und Hohn
darüber. SOMMER erblickt im Wartezimmer leere Stühle.
Die LebensWÜRDE von Tieren und deren Gefühle
werden Gegenstand von Recherchen von den beiden.
Wobei sie Menschen wie Bildreporter WÜRDEmann meiden.

Haushaltshilfe WINTER und Doktor SOMMER übers DING

Doktor SOMMER spricht: »Gut DING braucht Weile!«
MotivationsbeDINGt greift Haushaltshilfe WINTER
nach VanillepudDING, Nagelfeile
und dem Buch übers BodybuilDING. SOMMER sammelt
DINGworte für ein DINGgedicht. Am Fensterbrett
gammelt
ein DING mit dicken Blättern dahin,
das wegen schlechten UmgebungsbeDINGungen den
Überlebenssinn
verlor. Beim melodischen »DING-Dong« der Türglocke
üben SOMMER und WINTER gerade die
Abfahrtshocke,
weil Professor DINGrich zum Skiurlaub einlud!
Die SchneebeDINGungen sind Dank Kunstschnees
mittelgut,
meint DINGrich, der wegen dem Klimawandel
unbeDINGt
im SOMMER Skifahren muss, solang's irgendwo gelingt!

Haushaltshilfe WINTER und Doktor SOMMER übers REH

Haushaltshilfe WINTER und Doktor SOMMER
dREHen Herren
in REHbraunen Badehosen, die im Schwimmbecken
herumplärren,
die Kehrseiten zu. Die REHbraunen
bringen sämtliche Badegäste zum Erstaunen!
Es geht um REHrollbraten, REHabschüsse und REHwild
allgemein. Jeder der Herren trägt ein Bild
mit REHkopf auf der REHbraunen Badekappe!
SOMMER empfiehlt denen dringlichst, die Klappe
zu halten. Er schafft's, dass REHbraune umdREHen,
durchdREHen, die Augen verdREHen und, von REHen
plaudernd, ihn gemeinst lang unters Wasser drücken.
Ihr Gespräch dREHt sich um gegrillten REHrücken.

Haushaltshilfe WINTER und Doktor SOMMER übers WOHL

Doktor SOMMER spendet fürs TierWOHL
an Nachbarbauer SOMMERach, dessen Gemüsekohl
fürs GemeinWOHL geholt wird! Ein riesiger WOHLfahrtsverband
kauft SOMMERachs Kohl, der WOHLmeinend sein Weideland
für Kühe zum Kuhkuscheln zur Verfügung stellt,
obWOHL er selbst nicht viel davon hält.
SOMMERs Haushaltshilfe WINTER empfiehlt
Patienten mit WOHLstandsbauch
Kohlsuppe zum Abnehmen und schickt sie auch
zu SOMMERach, zum Kuhkuscheln und Kohl kaufen!
SOMMER fühlt sich unWOHL. SOMMERachs Kühe laufen
herum, WOHLgeruch verströmend und mit spürbarer WOHLgesonnenheit!
SOMMER verzichtet aufs Fleischessen. Zumindest eine Zeit.

Haushaltshilfe WINTER und Doktor SOMMER um ACHT

Haushaltshilfe WINTER und Doktor SOMMER starten bedACHT
mit ACHTsamkeitsübungen vor ACHTzehn Patienten um ACHT
morgens. Danach lACHT WINTER mit aller MACHT,
weil sie Lachyoga abhält. Bei SOMMER krACHT
das Fußgelenk. Er leitet sACHT die Morgengymnastik.
Nach ACHT Operationen hat er seine Bandplastik
in VerdACHT! SOMMERs Praxis wird videoüberwACHT.
ACHT Krankenkassen haben ihn unter VerdACHT.
MACHT SOMMER auf Rechnungen falsche Angaben?
ACHTsamkeitsübungen und
»WINTER lACHT-Lachyoga« haben
neuerdings alle Patienten als Rechnungspositionen darauf stehen.
Was die ACHT Versicherungsdetektive auf
Überwachungsvideos sehen?
WINTER gießt sACHT ihre BlumenprACHT und lACHT.
Letzte NACHT haben alle ACHT Detektive mitgemACHT!

Haushaltshilfe WINTER und Doktor SOMMER und der JURIST

Doktor SOMMERs Haushaltshilfe WINTER findet
JURISTendeutsch skandalös.
VollJURIST SOMMERscheidt zischt in JURISTenrobe
mit bös
aufgeschlagenem Knie einfach in SOMMERs Privatreich;
der JURISTensohn mit Termin saust sogleich
hinterher, JURISTenzeitungen und JURISTenblätter
schwenkend und JURISTenlatein
sprechend! SOMMER bekommt von
WirtschaftsJURISTinnen gerade WINTERwein,
der beim JURISTenball übrig blieb, überreicht. Der
JURISTensohn
in JURISTentracht hält SOMMER ein externes
Mikrofon
vom Smartphone hin. JURISTenkalender fallen
aus seiner Tasche und knallen
versehentlich aufs Knie vom VollJURISTen.
Eine WirtschaftsJURISTin stolpert über Kisten
mit WINTERweinen, und der VollJURIST filmt
begeistert,
wie SOMMER, der doppelt sieht, alles meistert
und dann selbst betrunken auf Kisten fällt.
Der JURISTensohn verlangt fürs Video viel Geld!

Haushaltshilfe WINTER und Doktor SOMMER und ENKEL

Doktor SOMMER und Haushaltshilfe WINTER
zeichnen UnterschENKELarterien
vor ENKELkindern. Die ENKELerzeuger sind in SOMMERferien!
Der ENKELsohn benagt die HENKEL der HENKELtasse.
Offenbar findet der ENKEL lackierte HENKEL klasse!
WINTER zeigt der ENKELtochter einen alten HENKELmann
und wie man SchnürsENKEL perfekt binden kann.
SOMMER muss wegen eines OberschENKELhalsbruchs ausrücken!
WINTER spielt mit ENKELn und SchnürsENKELstücken,
dann kommt im Fernsehen etwas über »ENKELtauglichkeit«.
Die ENKELin verschlingt PlastikhENKEL von Plastiktüten, schreit
und wird vor WINTERs gebratenen HühnerschENKELn totenbleich.
WINTER bekommt Migräneattacken. Hoffentlich kommt SOMMER gleich!

Haushaltshilfe WINTER und Doktor SOMMER und KINDER

Doktor SOMMER vertritt KINDERarzt KINDERmann
im KINDERhort!
Mit Haushaltshilfe WINTER will SOMMER KINDERn
Sport
nahebringen. Draußen stehen KINDERplanschbecken,
KINDERdreiräder und KINDERroller,
aber die KINDER finden die KINDERveranstaltung
toller,
bei der am Nachbargrundstück drüben
EliteKINDER mit benzinbetriebenen KINDERquads
üben!
Zwischen KINDERhütern spielt eines der EliteKINDER
Clown
und durchbricht mit dem KINDERquad den Zaun
vom KINDERhort. KINDERpfleger,
KINDERerzieherinnen, KINDERfrauen
und ein KINDERfreundlicher KINDERdorfvater schauen
aufs große KINDERplanschbecken, und zwar sehr
verdutzt,
weil das KINDERquad es mit Benzin verschmutzt!
Zwei HortKINDER auf KINDERrollern rollen
absichtlich ins KINDERplanschbecken, andere tollen
auf KINDERdreirädern ebenfalls im
KINDERplanschbecken
herum. Später entdecken KINDERkrankenschwestern
Zecken
auf benzinverschmierten HortKINDERn! Alle
KINDERliebenden Eltern protestieren.
Wird SOMMER sämtliche KINDER als Patienten
verlieren?

Haushaltshilfe WINTER und Doktor SOMMER unter AUFSICHT

Doktor SOMMER und Haushaltshilfe WINTER
beAUFSICHTigen BadeAUFSICHTen,
die eindeutig aufs AUFSICHT führen und
AUFSICHTspflichten
verzichten und mit AUFSICHTsgeistlichen stattdessen
diskutieren. SOMMER und WINTER vergessen
die AUFSICHTsübertragung auf ihr wertvolles Gepäck!
AUFSICHTslehrer und AUFSICHTsrätinnen räumen
etliches weg,
allein, weil sie die DrAUFSICHT stört.
Übers Europäische AUFSICHTshandbuch, das
WINTER gehört,
stürzt eine JagdAUFSICHT, die sich verletzt,
über unbeAUFSICHTigte Gepäckstücke schimpft und
jetzt
im Krankenhaus alles vorsorglich durchchecken lässt.
Irgendein AUFSICHTsorgan nimmt WINTER glatt
fest!

Haushaltshilfe WINTER und Doktor SOMMER unter KRÄHEN

Haushaltshilfe WINTER und Doktor SOMMER
KRÄHEN KRÄHEN
hinterher! Zwischen KRÄHENfedern, KRÄHENkot und
KRAHENfutter mähen
Gemeindearbeiter stundenlang auf Mähtraktoren.
Abgerichtete Falkendamen stören
SaatKRÄHEN beim Bau von KRÄHENnestern. Die
hören
prompt auf damit. KRÄHENschwärme flattern unter
KRÄHENgeschrei
von dannen! Der Falkner lobt seine zwei
Falken und verspeist gegrillte KRÄHENbrust.
SOMMER und WINTER haben Lust
auf einen Spaziergang im Freien.
SOMMER hört erst KRÄHEN schreien,
bevor zwei aggressive KRÄHENpaare zum
KRÄHENangriff übergehen!
WINTER flüchtet und lässt SOMMER einfach stehen.

Haushaltshilfe WINTER und Doktor SOMMER unterm BAUM

Neben Doktor SOMMERs Praxis werden
BAUMbestände gefällt.
BAUMstammteile krachen aufs Hausdach. Ein
BAUMpfleger stellt
eine BAUMfällmaschine mit gezeichneten BAUMblättern
und BAUMteilen
drauf vors Tor und beschildert mit Pfeilen
den BAUMgesäumten Weg zum Hintereingang für
Lieferanten.
Weil BAUMwurzeln in Wasserrohre einwuchsen,
flüchten Straßenmusikanten
vor Wasserfontänen über BAUMzweige, BAUMblätter,
einen BAUMwurzelstock,
BAUMblüten und dicken Fensterscherben vom ganzen
Wohnblock,
wobei sie etliche Verletzungen davontragen!
Zwei BAUMstämme am Dach ragen
in Dachgeschosswohnungen. Einer vom
BAUMpflegeteam verliert BAUMsägen.
SOMMERs Haushalthilfe WINTER jongliert zerstreut
mit Schmerzensgeldbeträgen.

Haushaltshilfe WINTER und Doktor SOMMER
UNTERNEHMEN

Ein UNTERNEHMENseigner lädt nach
UNTERNEHMENsumzügen und
UNTERNEHMENskäufen
Haushaltshilfe WINTER und Doktor SOMMER zu
UNTERNEHMENsläufen
mit Start am UNTERNEHMENsgelände ein! WINTER
entdeckt
im GroßUNTERNEHMEN zwischen
UNTERNEHMENseigenen Qualitätslaboren die
versteckt
liegende Toilette, fühlt sich von
UNTERNEHMENsphilosophien,
UNTERNEHMENsleitbildern
und UNTERNEHMENsvisionen regelrecht erdrückt
und folgt Schildern
an den Wänden, wobei sie sich verfranzt.
Ein UNTERNEHMENsjurist erklärt SOMMER die
UNTERNEHMENsmission, umtanzt
ihn im Startblock vorm ModeUNTERNEHMEN und
springt
hinterm UNTERNEHMENsnachfolger auf SOMMERs
Mittelfußknochen. Damit zwingt
er SOMMER erfolgreich zum Startverzicht.
WINTER erscheint vorm Startschuss nicht!

Haushaltshilfe WINTER und Doktor SOMMER VERTRAUEN

Haushaltshilfe WINTER und Doktor SOMMER
VERTRAUEN VERTRAUENspersonen
im SOMMERurlaub Wohnungsschlüssel an. Nur die
Kaffeebohnen
sind im Küchenschrank, als sie wiederkehren
und sich bei der VERTRAUENsschadenversicherung
beschweren.
SOMMER schickt WINTER voller
TechnikVERTRAUEN
zum VERTRAUENerweckenden VERTRAUENsarzt für
Frauen
zur Mammografie. Eine VERTRAUENswürdige
VERTRAUENsrätin umgarnt
den VERTRAUENsarzt, spricht VERTRAUENsgebete
und warnt
WINTER vorm Mammografiegerät! Ein
VERTRAUENsmann vom VERTRAUENsmanagement,
der sich mit VERTRAUENsdiensteanbietern und
Mammografiegeräten auskennt,
entdeckt einen Defekt und erzählt WINTER
VERTRAUENsvoll,
dass dieser unnötige Operationen ausgelöst haben soll!

Haushaltshilfe WINTER und Doktor SOMMER vor AUSTERN

Doktor SOMMER und Haushaltshilfe WINTER
erfahren allerhand
von AUSTERNzüchtern über ZuchtAUSTERN und den
AUSTERNbestand
im Wattenmeer und schätzen vor AUSTERNsäcken,
wie viele Kilos AUSTERNfleisch drinstecken.
Im AUSTERNlokal dürfen sie mit AUSTERNmessern
hantieren
und nach dem AUSTERNöffnen verschiedene
AUSTERNarten probieren.
SOMMER und WINTER hören mit großem Entsetzen,
dass sich Tausende Franzosen beim AUSTERNöffnen
verletzen!
WINTER stößt das AUSTERNmesser ungeschickt
zwischen AUSTERNschalen
beim großen AUSTERNessen, und statt
AUSTERNfleisch zermahlen
ihre Zähne AUSTERNschalensplitter. Eine große
AUSTERNperle taucht
im Speisebrei auf. Wonach WINTER Zahnersatz
braucht!

Haushaltshilfe WINTER und Doktor SOMMER vor BALLAST

Doktor SOMMER überholt den Lastkraftwagen mit BALLASTanhänger
und BALLASTpumpen und BALLASTplatten darauf.
Der Fahranfänger,
der hinterm BALLASTauflieger links stand,
schiebt sich ungünstigerweise vom Fahrbahnrand
langsam genau auf SOMMERs Überholspur!
Haushaltshilfe WINTER sinniert über BALLASTstoffzufuhr,
BALLASTwasser in BALLASTtanks,
BALLASTstoffpulver und BALLASTierungsgewichte, feilt
am Vortrag über BALLASTstoffreiches Essen und peilt
die Lage auf der Straße furchtbar spät!
SOMMER bremst. Durch WINTERs beherztes Gegenlenken gerät
ihr Auto unweit vom BALLASTauflieger ins Feld.
WINTER informiert telefonisch Gott und die Welt …

Haushaltshilfe WINTER und Doktor SOMMER vor BLUT

Doktor SOMMERs Haushaltshilfe WINTER lässt BLUTproben genauer
untersuchen. In KinderBLUT, StierBLUT, BLUT vom Nachbarbauer
SOMMERach, KatzenBLUT, BLUT von BLUTern und BLUT
von SOMMER und WINTER befinden sich ungut
viele Chemikalien aus Wasser und Kunststoffen!
Sogar die vom BLUTlabor reagieren betroffen.
Lief bei den BLUTtests etwas schief?
SOMMER trinkt BLUTroten Wein bis tief
in die WINTERnacht. WINTER weckt
ihn morgens. Das SOMMERfrühstück schmeckt
SOMMER doppelt so gut. WINTER zerschneidet BLUTwurst.
Mit BLUTrotem Hagebuttentee löscht SOMMER seinen Durst.
Er quasselt mit WINTER und denkt insgeheim –
der Albtraum übers BLUT war ziemlich gemein!

Haushaltshilfe WINTER und Doktor SOMMER vor BUCHSTABEN

Haushaltshilfe WINTER und Doktor SOMMER spielen
BUCHSTABENspiele
mit HolzBUCHSTABEN und
SchokoladenBUCHSTABEN. WINTER interpretiert
Spielziele
anders als SOMMER, der vor BUCHSTABENhäufchen
sitzt.
WINTER kocht BUCHSTABENsuppe, futtert
SOMMERs BUCHSTABENkekse, stibitzt
seine SchokoladengroßBUCHSTABEN und sägt
HolzBUCHSTABEN aus Sperrholzplatten.
SOMMER schneidet BUCHSTABEN aus
Spielanleitungen. Sein Schatten
irritiert WINTER, die daraufhin Fingerglieder halb
amputiert,
HolzBUCHSTABEN, die Säge und die Lust verliert!
Die NudelteigBUCHSTABEN verbrennen samt
Kochtopf. Voll Kummer
wählt SOMMER neben BUCHSTABENsalat die
Feuerwehr-Notrufnummer.
Wegen unleserlicher BUCHSTABEN auf
Thunfischdosen
hat SOMMER, der gerade großen
Hunger verspürte, Thunfisch verputzt und seinen Magen
verdorben. Sodass ihn jetzt Magenkrämpfe plagen!

Haushaltshilfe WINTER und Doktor SOMMER vor DRECK

Bauer SOMMERach krabbelt auf Knien durch
StraßenDRECK
und lacht entsetzlich DRECKig. Mit hufeisenförmigem
DRECKfleck
überm Auge hält er Einzug
in SOMMERs Praxis, und klug
schickt Haushaltshilfe WINTER den DRECKspatz
SOMMERach gleich
zu SOMMER. SOMMERachs DRECKschicht ist noch
weich,
als er erklärt, dass ein DRECKsvieh DRECKdüse
und DRECKfräse vom Hochdruckreiniger und seine Füße
neben DRECKhaufen vorm Rest der DRECKsbande
zertrat!
SOMMERach hat die DRECKsau nach der Tat
kurzerhand erschossen! DRECKige DRECKkäfer
krabbeln über SOMMERach.
Der verDRECKte SOMMERach müffelt. SOMMER
atmet flach.

Haushaltshilfe WINTER und Doktor SOMMER vor FILZ

Doktor SOMMER behandelt einen FILZfabrikanten mit Hautpilz,
der nur von FILZtaschen, FILZunterlagen und WollFILZ
zum Basteln redet und in dessen FILZrucksäcken
FILZstifte und verFILZte FILZjacken mit FILZläusen stecken!
Der FILZfarikant hat in den FILZlocken
Hühnerflöhe sitzen und er trägt FILZsocken
mit FILZnoppen und WollFILZstreifen an den Unterseiten.
Während er Haushaltshilfe WINTER von seinen Pleiten,
Zahlungsschwierigkeiten und den FILZkursen in seiner FILZwerkstatt
erzählt, bemerkt SOMMER, dass er FILZläuse hat.
Einige Patienten und WINTER juckt's sehr heftig.
SOMMER ordert Pilzmedikamente und verdient damit kräftig!

Haushaltshilfe WINTER und Doktor SOMMER vor GRÜN

Haushaltshilfe WINTER und Doktor SOMMER pachten GRÜNland
von Nachbarbauer SOMMERach! WINTER beGRÜNt eine Stallrückwand.
SOMMER, vor SOMMERachs GRÜNabfall in GRÜNer Natur
albern referierend, erwähnt einen Jugendlichen mit GRÜNholzfraktur.
WINTER lässt GRÜNkohl und GRÜNe Linsen ungespritzt,
und SOMMERach, der am GRÜNen Traktor sitzt,
sieht GRÜNe Blattläuse und GRÜNe Heuschrecken
zwischen WINTERs GRÜNzeug und MauerbeGRÜNungen stecken.
In SOMMERnächten gibt SOMMERach sich etwas Mühe
und verteilt über WINTERs GRÜNkohl GRÜNe Spritzbrühe.
SOMMER fühlt sich entsetzlich unwohl
nach dem Verzehr von WINTERs GRÜNkohl!
WINTER verkauft dunkelGRÜNen GRÜNkohl am GRÜNen Biomarkt.
Davor steht SOMMERachs grasGRÜNer Geländewagen, schlampig eingeparkt.

Haushaltshilfe WINTER und Doktor SOMMER vor GRUPPEN

Doktor SOMMER untersucht GRUPPENmitglieder
zweier WanderGRUPPEN GRUPPENweise,
die sich in GRUPPENunterkünften bei ihrer
GRUPPENreise
ansteckende rote Warzen an den Händen einfingen!
Auf einem GRUPPENausflug nahe einem
GRUPPENleiterkurs bringen
GRUPPENleiter den damaligen GRUPPENführer der
WanderGRUPPEN fast
um deswegen, bei GRUPPENdiskussionen bei der Rast.
SOMMER und Haushaltshilfe WINTER schmieren
Honig auf ihre Warzen, probieren
Cremes, und Patienten mit Warzen im GRUPPENraum
empfehlen sie Salben mit Ölen vom Teebaum.
Auch Ärzte der eintrudelnden FachGRUPPEN vom
Gesundheitsamt
kriegen beim GRUPPENmeeting im GRUPPENraum
Warzen. Verdammt!

Haushaltshilfe WINTER und Doktor SOMMER vor HERDEN

Doktor SOMMER und Haushaltshilfe WINTER tippen Beschwerden
gegen Nachbarbauer SOMMERach, dessen KuhHERDEN und ZiegenHERDEN
mit HERDENschutzhunden und lauten HERDENglocken
in SOMMERs SOMMERbeeten wiederholt umeinanderbocken,
weil SOMMERachs Stacheldrahtzäune Lücken aufweisen!
MenschenHERDEN in beachtlichen HERDENgrößen reisen
mittlerweile an, um alles filmisch festzuhalten!
Zwei hübsche HERDENmanagerinnen vom Milchviehstall verwalten
neuerdings SOMMERachs sämtliche HERDENtiere und bieten
SOMMER GänseHERDEN, die sie ansonsten vermieten,
als Wiedergutmachung. Die GänseHERDEN fressen SOMMERs Nacktschnecken,
als SOMMERachs HERDENmanagerinnen SOMMER morgens aufwecken,
kann er sich nichts Schöneres HERDENken.
Zwei freundliche HERDENführer der MenschenHERDEN schenken
SOMMER Gutscheine, weil sie fotografieren dürfen.
Bei den Beschwerdebriefen bleibt's bei Entwürfen.

Haushaltshilfe WINTER und Doktor SOMMER vor HOPFEN

Doktor SOMMER darf ehemalige, alkoholisierte
HOPFENpflücker begleiten
beim »HOPFENzupfen, fast wie zu Omas Zeiten«!
SOMMER flechtet HOPFENdraht in HOPFENkränze
mit HOPFENdolden,
und weil das Haar der HOPFENpflücker golden
schimmert, während sie HOPFENlikör und
HOPFENschnaps schlucken,
will SOMMER das vom HOPFENmasten aus angucken
und fotografieren! Er ist mit HOPFENkränzen behängt,
und ganz oben, als der HOPFENmast anfängt,
zu wackeln und zu brechen!
Immerhin kann SOMMER die HOPFENflächen
ablichten, bevor er sich an HOPFENsäulen fast
stranguliert! Haushaltshilfe WINTER fotografiert ihn
unterm HOPFENmast.

Haushaltshilfe WINTER und Doktor SOMMER vor KAKAO

KAKAOplantagenbesitzer und KAKAOhersteller
WINTERbeck bringt KAKAOnibs
aus rohen KAKAObohnen und Zwergpinscher Fips,
der nur KAKAOkekse und HaferKAKAO als Futter
akzeptiert, mit zu Doktor SOMMER. Seine
KAKAObutter
steckt in sämtlichen KAKAOprodukten, erklärt
WINTERbeck,
während Fips mittels KAKAOcreme einen KAKAOfleck
auf SOMMERs weißen Teppich zaubert. WINTERbeck
schlägt
SOMMER vor, KAKAObrunnen zu installieren!
WINTERbeck trägt
selbstverständlich die Kosten von KAKAOtrunk,
KAKAOtassen
und KAKAOkannen! SOMMERs Patienten trinken
Massen
an KAKAO. Fips nagt sämtliche Bedienknöpfe
der KAKAObrunnen ab. Nachbarn bringen Töpfe,
um kostenlosen KAKAOtrunk zu ergattern! Am heißen
SOMMERabend vergisst SOMMER den KAKAOfleck
am weißen
Teppich, und die KAKAObrunnen im Eingangsbereich,
weswegen ihn seine Haushaltshilfe WINTER gleich
am nächsten Morgen neben dem KAKAOwärmer weckt.
Weil sich ein KAKAOsee vorm Ärztehaus erstreckt!

Haushaltshilfe WINTER und Doktor SOMMER vor KAPITAL

Nach der »langen Nacht der KAPITALverbrechen
in der KAPITALgesellschaft« im Fernsehen versprechen
Doktor SOMMER und Haushaltshilfe WINTER heilig,
dass sie FremdKAPITAL und geborgte KAPITALgüter
eilig
zurückgeben werden. SOMMERs Gedanken schweifen
ab. Nach KAPITALen Behandlungsfehlern ergreifen
er und WINTER die Flucht! Zwei KAPITALe
Bullen vom Großbauer SOMMERach verstopfen die
schmale
Zufahrtstraße. SOMMER meint, KAPITALismuskritiker,
KAPITALanleger und KAPITALverbrecher
zwischen Bullen zu erkennen! Den grausamen Rächer
mit dem KAPITALanlagegesetzbuch in der Hand fand
SOMMER bombastisch gestern, im Film! Am
Straßenrand
spazieren eindeutig KAPITALgeber. SOMMER langt's,
er wettert
los. Wonach ein Rind aufs Autodach klettert!

Haushaltshilfe WINTER und Doktor SOMMER vor KASTANIEN

Haushaltshilfe WINTER und Doktor SOMMER
sammeln KASTANIEN
zwischen KASTANIENbäumen neben dem
WINTERwarmfreibad. Gastarbeiter aus Albanien
erzählen beim KASTANIENhaufen:
»EssKASTANIENmehl hilft der Leber.«
Im SpätSOMMER ist das WINTERwarmfreibad ihr
Arbeitgeber.
Ein Albanier fertigt erkennbare
KASTANIENschweinchen
mit rosa Draht als Beinchen.
In KASTANIENbrauner Jacke steht er vorm
KASTANIENhaufen
und begeisterte Passanten. SOMMER muss neidisch
durchschnaufen,
bevor er erklärt, dass oben die besten
KASTANIEN für KASTANIENmännchen wachsen! Er
kann's testen.
SOMMER reicht WINTER seine SOMMERjacke.
Übertrieben munter
klettert er den KASTANIENbaum hinauf, nur hinunter
traut er sich nicht. Der Albaner holt
das Trampolin vom WINTERwarmfreibad. Eine
Menschenmenge johlt!

Haushaltshilfe WINTER und Doktor SOMMER vor KOMPOST

Im SOMMERloch liest Doktor SOMMER einen Zeitungsartikel
über KOMPOSTierbare KOMPOSTbeutel in
KOMPOSTieranlagen, deren Plastikpartikel
Forscher im BioKOMPOST und im Kot
von KOMPOSTwürmern fanden! Ist ein Verbot
von KOMPOSTdüngung oder KOMPOSTsäcken
sinnvoll? Beim Klärschlamm
wird laut Bauer SOMMERach gerade kein Tamtam
um Plastik gemacht. SOMMERs Haushaltshilfe WINTER sortiert
Plastikmüll aus KOMPOSTerden in KOMPOSTkübel, wirkt deprimiert
und setzt sich neben KOMPOSTgittern zwischen KOMPOSTfässer
und KOMPOSTtonnen. »Woanders ist's gewiss nicht besser«,
wollen SOMMERach und SOMMER sie netterweise trösten.
SOMMERachs KOMPOSThaufen und
KOMPOSTmischer sind die größten!

Haushaltshilfe WINTER und Doktor SOMMER vor KORALLEN

Vor Fachartikeln von KORALLENinseln,
KORALLENskeletten und KORALLENbleichen
hat Doktor SOMMERs Haushaltshilfe WINTER die
gleichen
Gedanken wie SOMMER. Schnell noch
KORALLENtauchen buchen,
KORALLENketten und KORALLENarmbänder kaufen
und KORALLENriffe aufsuchen!
Kurz vorm KORALLENtauchen hört WINTER
KORALLENtaucherinnen sprechen.
Sie würden KORALLENfische stören und
KORALLENstücke abbrechen!
WINTER betrachtet KORALLENarmbänder und
KORALLENketten
nachdenklich. SOMMER taucht mit netten
KORALLENtaucherinnen zu den MeeresKORALLEN im
KORALLENriff.
WINTER verzichtet und beobachtet vom Schiff
aus, wie ein Sportboot SOMMERs Sauerstoffzufuhr
durchtrennt!
WINTER schickt KORALLENtaucher hinunter und
SOMMER nennt
WINTER nur noch »seine Retterin« ab sofort.
Er kauft KORALLENfreundlichen Sonnenschutz und
meidet Tauchsport.

Haushaltshilfe WINTER und Doktor SOMMER vor KULISSE

Doktor SOMMERs Freund, ein KULISSENmaler und
»KULISSENschieber«,
lädt SOMMER und Haushaltshilfe WINTER trotz
Zeckenrückfallfieber
zur Bergwanderung vor WaldKULISSE ein. Den
KULISSENeffekt
beim Gewitter will er am Gipfelkreuz perfekt
fotografieren, oberhalb von KULISSENhaft wirkender
Landschaft!
SOMMER, in SOMMERanorak und
SOMMERgummistiefeln, gafft
hinunter aufs KULISSENdepot hinter zwei maroden
KULISSENhäusern beim KULISSENverleih. Bebt der
Boden
beim Donnerschlag tatsächlich kurz? Der
KULISSENmaler
verliert zerknülltes KULISSENpapier, bevor ein fataler
Fehltritt ihn 50 Meter abstürzen lässt!
Verzweifelt hält WINTER das KULISSENpapier fest.
SOMMER entfährt ein gequälter Schrei.
Sein nagelneues Handy ging entzwei!

Haushaltshilfe WINTER und Doktor SOMMER vor LITERATUR

Haushaltshilfe WINTER und Doktor SOMMER sitzen,
LITERATURbesessenheit
vortäuschend, vor LITERATURagenten und
LITERATURpäpsten, die himmelweit
auseinanderliegen mit ihren Meinungen über
UnterhaltungsLITERATUR, LITERATURmagazinen,
LITERATURhäusern, LITERATURbeilagen und
LITERATURstudien, die nirgendwo erschienen
sind! Die LITERATURpreisträgerin im
LITERATURquartett, sehr gescheit
und gebildet, bleibt mit dem hauchdünnen
SOMMERkleid
beim Aufstehen zwischen Armlehnen hängen. Ein
LITERATURbericht
flattert vor SOMMERs WINTERschuhe, dem die
LITERATURübersicht
entgleitet, als er das nackte
Hinterteil fotografiert! Er kassiert unverpackte
FachLITERATUR heimlich für sein Foto vom
LITERATURinstitutsleiter,
der gibt's zwischen LITERATURinterpretationen an
LITERATURjournalisten weiter.
WINTER kauft beim LITERATURfestival
»LITERATURschinken«.
SOMMERs Achselschweiß beginnt zu stinken!

Haushaltshilfe WINTER und Doktor SOMMER vor MALZ

Doktor SOMMERs Haushaltshilfe WINTER tauscht
selbstgemachte MALZpasten
gegen veganes ZwiebelschMALZ von MALZners, die
Plastikfasten,
MALZbonbons, MALZkeimdünger, vegane
SchMALZnüsse und SchMALZplätzchen herstellen
und mit ständig schMALZigen Haaren als Rebellen
gelten, die von Tauschgeschäften leben. MALZners sind
MALZexperten und im NorMALZustand bekifft. Bei
SOMMERwind
starten MALZners, neben der MALZfabrik in
MALZfässern
sitzend, zur Paddeltour im Fluss. Beim Ausbessern
eines Lochs in einem MALZfass
werden MALZners und MALZwhisky nass,
MALZner junior juckt die schMALZige Kopfhaut,
Vater MALZner rettet MALZliköre und verdaut
MALZweine schlecht, als sämtliche Wände
der MALZfässer nachgeben! MALZners Hände
umklammern MALZner junior, einen MALZsack und
MALZlimonaden.
SOMMER und WINTER winken MALZners beim
Flussbaden!

Haushaltshilfe WINTER und Doktor SOMMER vor MECHANIK

LandmaschinenMECHANIKer tauschen auf Doktor
SOMMERs Patiententoilette MECHANIKbauteile,
die SOMMERs Haushaltshilfe WINTER in aller Eile
bestellte. Eine FeinMECHANIKerin hilft, erklärt die
AblaufMECHANIK
und spült etliche MECHANIKteile runter, was Panik
bei SOMMER neben der unkomplizierten
BetätigungsMECHANIK erzeugt,
als der sich über überlaufende Toilettenschüsseln beugt.
Den QuantenMECHANIKer, der die
HimmelsMECHANIK im Wartezimmer
erklärt, überkommt aus heiterem Himmel ein schlimmer
Durchfall. Die MECHANIKwerkstatt der Technischen
Fakultät überlässt
SOMMERs Patienten die Toiletten, weil der Rest
von WINTERs bestellten MECHANIKbauteilen
allesamt nicht passen!
Wonach die LandmaschinenMECHANIKer
achselzuckend SOMMERs Praxis verlassen.

Haushaltshilfe WINTER und Doktor SOMMER vor MIST

Bauer SOMMERach verkauft MISTelzweige,
MISTgabeln in Miniaturgrößen
und PferdeMIST für Rosen mit so bösen
Blicken und MISTflecken am SOMMERhemd beim SOMMERfest,
dass jedermann seinen Stand links liegen lässt.
Doktor SOMMER verkauft MISTkäfer aus Plastik,
und Haushaltshilfe WINTER treibt eifrig Gymnastik
im SOMMERbikini trotz MISTwetter vor SOMMERs Stand
und SOMMERobst und SOMMERgemüse, was SOMMERach allerhand
findet. Wutentbrannt schüttet er KuhMIST vom MISThaufen
vor WINTER, weil sämtliche Besucher MISTkäfer kaufen!
Als daraufhin SOMMER WINTER zum Marktbrunnen bringt,
klaut SOMMERach WINTERs MISTbeflecktes Geld, das stinkt!

Haushaltshilfe WINTER und Doktor SOMMER vor POLLEN

Doktor SOMMER und seine Haushaltshilfe WINTER
leiden
unter POLLENallergien! Schon bei schwacher
POLLENbelastung vermeiden
sie unnötige Bewegungen vorm übergroßen
POLLENfiltergerät
und tragen von früh bis spät
Gesichtsschutzmasken, Sicherheitsbrillen und schwarze
Sturmhauben,
weil beide fest dran glauben,
dass sämtliche GräserPOLLEN sich im Haar verfangen!
SOMMER installiert ein elektronisches
POLLENinformationsnetzwerk. Patienten bangen
auch um die geistige Gesundheit der beiden.
Von POLLEN geplagte Bildjournalisten bringen die
»Augenweiden«
auf Titelseiten, um ihnen Freude zu bereiten!
SOMMERs Patienten bleiben fern. WINTER studiert
POLLENflugzeiten.

Haushaltshilfe WINTER und Doktor SOMMER vor POLIZEI

Haushaltshilfe WINTER und Doktor SOMMER werden gebeten,
wegen POLIZEIlicher Ermittlungen der POLIZEIstreifen das Betreten
des gesamten Hausflurs zu unterlassen!
POLIZEIbeamte und POLIZEIschüler in Massen
traben herum. POLIZEIchef WINTERlich erklärt das POLIZEIaufgebot.
SOMMERs Nachbar liegt in seiner Wohnung – tot!
SOMMER und WINTER wollen endlich losstarten.
Beim SOMMERgewitter und hochSOMMERlicher Schwüle warten
Patienten unten. WINTER weiß nebenan einen Kostümverleih
und schickt die Patienten unten dort vorbei.
Sie bekommen POLIZEIuniformen und POLIZEIwesten. Ein Schelm
von SOMMERs Patienten trägt sogar einen POLIZEIhelm!

Haushaltshilfe WINTER und Doktor SOMMER vor POST

Doktor SOMMER POSTet Bilder von einem POSThorn
und eins von einem POSTbeamten – von vorn.
Aus Datenschutzgründen will der POSTler SOMMER verklagen
und SOMMER die Verwendung des POSTs untersagen.
SOMMER und seine Haushaltshilfe WINTER POSTen heitere
Bilder von »UmweltaPOSTeln« vor POSTgebäuden und weitere
vom POSTbeamten! In einer SOMMERnacht kippt irgendwer
POSTbriefsäcke, POSTsachen und POSTbriefkästen, demoliert und leer,
in SOMMERs WINTERgarten! Ein Foto davon erscheint
auf Facebook. Was SOMMER wohl dazu meint,
will der POSTbeamte wissen. SOMMER POSTet POSTsachen,
erstattet Anzeige und bringt Polizisten zum Lachen!

Haushaltshilfe WINTER und Doktor SOMMER vor RUß

Doktor SOMMERs Karren RUßt Radfahrer mit
DieselRUß
ein. Zwischen RUßwolken sieht SOMMER den Fuß
eines Radfahrers mit RUßmaske auf einem Rußfleck
am Kofferraum! Haushaltshilfe WINTER erblickt am
Straßeneck
verRUßte Briefkästen und will RUßbedeckte
GRUßkarten mit RUßstreifen und ölbefleckte
Päckchen einwerfen. WINTER begutachtet
RUßrückstände
und benötigt glatt beide Hände,
um die verRUßte Autotür zwischen RUßstäuben
aufzustoßen!
Die GRUßkarte mit dem LiebesgRUß fällt großen
IndustrieRUßarbeitern vor die Fahrradreifen, bevor sie
Haken
um WINTERs Türe schlagen. SOMMER bereitet
Bettlaken
über verletzte Radler, bevor er Vollgas gibt.
WINTER macht sich derweil bei IndustrieRUßarbeitern
unbeliebt!

Haushaltshilfe WINTER und Doktor SOMMER vor SAAT

Doktor SOMMERs Nachbarbauer SOMMERach
beobachtete angeblich SAATkrähen,
die SAATgut aufpickten, und nach dem Aussäen
wären sie neben dem SAATweizen auf SAATgrasland
verendet!
SOMMER futtert SAATenbrot, während SOMMERach
Beweisbilder sendet
und Haushaltshilfe WINTER seinen Hautausschlag vom
WeizenSAATgut
nach dem SAATtermin zeigt. SOMMER nimmt Blut
ab, während er SOMMERachs Ausführungen über
SAATwicken,
ÖlSAATen, SAATkörner mit Herbiziden und dem
Ticken
seiner Standuhr, vom SAATkontor gesponsert, lauscht.
Ob SOMMERach die SAATgeschichte unnötig
aufbauscht?
Die toten SAATkrähen wurden von Füchsen gefressen,
vermutlich. SOMMER beschließt, den Vorfall zu
vergessen!

Haushaltshilfe WINTER und Doktor SOMMER vor SPUREN

Doktor SOMMERs Haushaltshilfe WINTER zeigt
TierSPURENexperten WildschweinSPUREN
zwischen FuchsSPUREN, TraktorSPUREN und
FußSPUREN. Die Waldtouren
namens »Mit TierSPURENexperten auf
TierSPURENsuche«
am SPURENsucher-Treffpunkt »Alte Blutbuche«
sind stets ausgebucht! WINTER kriecht
ins Dickicht, wo's stark riecht,
nach Wildschwein, aber auch nach Himbeeren.
Während die TierSPURENexperten SOMMER
HarvesterSPUREN erklären
und sich entfernen, greifen WINTER tatsächlich
Wildschweine
neben SchwarzwildSPUREN an! Sie reißen WINTERs
kleine
Handytasche mit kurzer Kette entzwei.
SOMMER alarmiert SPURENsucher der Polizei,
weil er WINTER weder hört noch sieht!
Was zwischen BlutSPUREN und UrinSPUREN wohl
geschieht?

Haushaltshilfe WINTER und Doktor SOMMER vor TATEN

Doktor SOMMERs Haushaltshilfe WINTER sucht nach
HeizungsthermosTATEN.
TATENdurstig kamen sie ins Urlaubshotel!
Einheimische raten,
wegen drohenden Starkregenfällen,
SelbstmordattenTATEN, FrevelTATEN, spontanen
TATENtschlüssen
zu BlutTATEN und StrafTATEN, verbunden mit
Schüssen,
lieber TATENfreudig WohlTATEN im Hotel zu leisten!
WINTER fertigt aus allerlei BackzuTATEN die meisten
Kekse, während Hotelangestellte TATENlos zuschauen
und sich nicht hinaustrauen.
TATENkräftig ergänzt WINTER ihre ZuTATENliste
um Nüsse,
die keiner kennt. Im Hotelrestaurant fallen Schüsse!
SOMMER erwacht soeben mit 40 Grad Fieber.
Etwas von WINTERs TATENdrang wär' ihm lieber.

Haushaltshilfe WINTER und Doktor SOMMER vor TOMATEN

Haushaltshilfe WINTER und Doktor SOMMER
verspeisen TOMATENmark,
als SOMMER TOMATENrot anläuft,
TOMATENstücke ausspuckt, stark
hustet und WINTER Eilmeldungen zeigt: von
TOMATENkonzentraten
aus China, mit Rattengift! WINTERs DosenTOMATEN,
Sonntagsbraten
und TOMATENsoßen landen im Abfall.
Mitsamt TOMATENdosen reist SOMMER Knall
auf Fall zu italienischen TOMATENproduzenten. Deren
TOMATENfabriken
verarbeiten chinesische TOMATEN zu
TOMATENprodukten. In schicken,
TOMATENroten Behältnissen gibt's Chinas
TOMATEN weltweit, vorzugsweise
in Gastronomieprodukten. Hinter TOMATENfarmen
endet SOMMERs Reise
zwischen verfaulten CocktailTOMATEN,
EierTOMATEN, TOMATENblättern und
TOMATENkisten.
Willkommen im Kreis der in Italien Vermissten!

Haushaltshilfe WINTER und Doktor SOMER vor TRÜFFEL

Haushaltshilfe WINTER und Doktor SOMMMER
sammeln TRÜFFEL
neben TRÜFFELhundeausbildern mit
TRÜFFELhunden. Letztere erhalten Rüffel,
weil sie dem TRÜFFELbauern mit TRÜFFELschwein
TRÜFFELstücke
überbringen, bevor sie durch die Zaunlücke
zwischen TRÜFFELplantage und TRÜFFELhecke im
TRÜFFELwald verschwinden!
Sollten SOMMER und WINTER die TRÜFFELhunde
finden,
spendieren ihnen die TRÜFFELhundeausbilder weiße
TRÜFFEL lebenslang!
SOMMER verliert Handy und TRÜFFELsalz am
Anfang
einer langen Suche – und dann den Orientierungssinn.
WINTER stößt mitten in der SOMMERnacht immerhin
auf TRÜFFELforscher, die sogar die TRÜFFELhunde
einfangen!
Kann SOMMER »lebenslang TRÜFFEL für alle«
verlangen?

Haushaltshilfe WINTER und Doktor SOMMER vor WERKZEUG

Der WERKZEUGmacher neben Doktor SOMMER,
nicht schlau,
aber vernarrt in seine WERKZEUGschleiferei,
WERKZEUGvermietung, WERKZEUGbau,
WERKZEUGprüfung und WERKZEUGdiebstähle, wird
beim Einbruch erschossen,
bei dem er EinbruchsWERKZEUG aus
WERKZEUGkoffern entschlossen
testet! SOMMERs Haushaltshilfe WINTER säuberte
nebenbei
mal des WERKZEUGbauers WERKZEUGladen mit
WERKZEUGverleih
und tat dem auch Gefälligkeiten.
Jedenfalls bedachte der zu Lebzeiten
WINTER überraschend testamentarisch! Erst bekommt
sie, Stück
für Stück, ausgeliehene QualitätsWERZEUGe mit
WERKZEUGnummern zurück,
dann findet sie selbst am WERKZEUGverleih Gefallen
und beschäftigt für den WERKZEUGhandel in
WERKZEUGhallen
noch einen WERKZEUGmachermeister vor
WERKZEUGregalen und WERKZEUGlisten.
SOMMER verlost neuerdings WERKZEUGgeld und
befüllt WERKZEUGkisten!

Haushaltshilfe WINTER und Doktor SOMMER vor ZUTATEN

Kuchenverkostung ohne BackZUTATENangaben im
Supermarkt vor KochZUTATEN!
Haushaltshilfe WINTER und Doktor SOMMER müssen
hinwaten
zum Verkostungsstand. Irgendwem entglitten
Milchflaschen.
SOMMER fischt aus diversen Hosentaschen
ZUTATENchecks, ZUTATENklassen, ZUTATENlisten
und seine ZUTATENbasierten Rezeptsuchen.
SOMMER verträgt viele süßende ZUTATEN in Kuchen
nicht! Bäckereifachverkäufer erzählen SOMMER von
ZUTATENwaagen, ZUTATENtischen
und ZUTATENstationen auf Rollen. Die stets frischen
ZUTATEN werden täglich geliefert. WINTER verspeist
Torten.
SOMMER futtert Kuchen und sucht nach Worten,
als der Geschäftsführer herüberstürmt, einschreitet
wegen fehlenden ZUTATENkennzeichnungen und
ausgleitet
im Milchsee vorm Verkostungsstand. SOMMER wird
speiübel.
Er erbricht süßende ZUTATEN vor bereitgestellte
Kübel!

Haushaltshilfe WINTER und Doktor SOMMER vorm AAL

Doktor SOMMERs Haushaltshilfe WINTER schielt auf
AALhaut
im AALgericht im SpeisesAAL. Am Nachbartisch schaut
ein Gast angewidert auf SOMMERs duftende
AALpastete
neben AALwurst, bevor er wie eine Rakete
herüberschießt, WINTERs AALlederhandtasche
stibitzt
und damit zur Tür hinausflitzt!
Als AALangler am Stammtisch hochschnellen,
deren Hunde wie verrückt bellen,
die AALglatten Reiseleiter von der Reisegruppe
zeitgleich geräuchertes AALfleisch und salzlose
AALsuppe
bestellen und das Alarmsystem anspringt,
wird WINTER vom Restaurantpersonal umringt.
Das elektronische Alarmsystem verrammelt sämtliche
Türen tadellos!
Die Freude von WINTERs Handtaschendieb ist groß.

Über die Autorin

© *Foto: Andreas Kandsberger*

Geboren 1968 als Tochter einer albernen Mutter, die mit ihrem Einzelkind nach eigenen Angaben »alles richtig machen wollte«. Erzogen zum viel Lesen und viel draußen spielen. Zum Fantasie entwickeln.

Dann waren da noch die naturverbundenen und tierlieben Großeltern, die das Enkelkind sogleich in jeden Wanderurlaub mitnahmen.

Und das ist heute noch so: Hauptsache, Sport draußen, vorzugsweise im Wald! Mit der Fantasie hatte meine Mutter recht. Die ganzen Reimideen entstehen tatsächlich an der frischen Luft …

Buchempfehlungen:

Sommer & Winter im Bilde
Reime von Birgit Hufnagl
ISBN 978-3-95720-289-5
15,95 €

Haushaltshilfe Winter & Doktor Sommer
Reime von Birgit Hufnagl
ISBN 978-95720-228-4
9,95 €

Eigenreimzulage
Reime von Birgit Hufnagl
ISBN 978-3-95720-223-9
9,95 €